文春文庫

耳袋秘帖

南町奉行と餓《が》舎《しゃ》髑《どく》髏《ろ》

風野真知雄

JN031860

文藝春秋

耳袋秘帖　南町奉行と餓舎髑髏《がしゃどくろ》●目次

序　章　江戸に潜むもの　7
第一章　開かずの蔵　19
第二章　滝夜叉姫の亡霊　45
第三章　海坊主が来た　85
第四章　墓石が歩いた　146
第五章　野ざらしの骨が来た　203
終　章　餓舎髑髏の正体　266

耳袋秘帖

南町奉行と餓舎髑髏《がしゃどくろ》

序章　江戸に潜むもの

一

評定所《ひょうじょうしょ》の大広間には、めずらしくくつろいだ雰囲気が漂っている。障子が開け放され、椿や松など常緑樹の多い庭が見えている。そこへ、かすかな甘さを感じさせるような初夏の朝の風が心地良く吹き込んできていた。

この日は、西国《さいごく》の天領で起きた一揆《いっき》について議論するはずだった。それはこのひと月ほど、評定所の面々にとって、悩みの種であった。

ところが、一揆は無事に解決し、とくに処罰者を出すこともなく終わったという報せが、昨夜遅くに届いたのである。

「うまくいったものですな」

勘定奉行《かんじょうぶぎょう》の一人が安堵の表情を見せて言った。

「蝶野良助《ちょうのりょうすけ》が亡くなって心配しておったのですが」

別の勘定奉行がそう言った。蝶野良助というのは、勘定吟味役《ぎんみやく》の一人で、この一揆の解決を担当していたのだが、十日ほど前に急な病で亡くなってしまったのである。心労がつづいたせいもあったのだろう。

「蝶野が、あの世で導いてくれたのかもしれませんな」

大目付《おおめつけ》が言った。

「いや、じつはわたしもそう思ったのです。本来なら、かなりこじれてもおかしくない事態でしたからな」

寺社《じしゃ》奉行の脇坂淡路守《わきさかあわじのかみ》はそう言ったあと、南町奉行の根岸肥前守鎮衛《ねぎしひぜんのかみやすもり》を見て、

「そういうことは、あり得ますか？」

と、訊いた。

「どうですかな」

根岸は苦笑した。

「だが、『耳袋《みみぶくろ》』に入っていても、おかしくはない話ですな」

大目付が言った。

『耳袋』というのは、根岸が佐渡《さど》奉行だったころから書きつづけているもので、巷の怪奇な話や面白い逸話などを無作為に並べたものである。もともと、誰に見せるでもなく書き綴っていたが、そのうち周囲の者だけに読ませているうち、どうも写

本が広まったらしく、出版の話まで持ち込まれるようになった。もちろん、根岸は断わっている。

これとは別に、差し障りのあることだけを書き綴った秘帖版の『耳袋』もあるが、こちらは門外不出となっている。

「あはは、あのような与太話を」

根岸が苦笑すると、

「いやいや、じつに興味深い」

「根岸どのが世間の声に耳を澄ますようすも窺えるし」

「愛読させていただいてます」

なんと、全員が読んでいるらしい。

「これは、まいった」

さすがの根岸も照れた。

「よくも、まあ、ネタが尽きぬものよのう」

と、寺社奉行の一人が感心したように言った。

「それはどうにか」

根岸は苦笑した。

じつは『耳袋』が知られるようになったら、根岸のもとにはひっきりなしに、怪しい話が入ってくるようになった。「わしの妻の実家で……」とか、「あっしの住む隣の長屋で……」とか、たいがいは直接体験したことではなく、又聞きの類で、真偽のほどは定かではないが、それにしてもこの世には、どれだけの神秘や怪奇現象があふれているのかと、呆れるほどである。

「だが、よく読むと、根岸どのは怪《あや》かしの類には懐疑の念を抱いておられるようにも思われるのだが」

勘定奉行の一人がそう言うと、

「そう。わしもそれは思う。どうも、隠された裏があるような話もずいぶん散見できますし」

と、脇坂淡路守はさすがに鋭い。

「どうなのです？」

大目付が根岸に向かって訊いた。

「いや、まあ、大方の謎は解けますな」

それでも『耳袋』に載せているのは、かなり信頼できるものになっている。

「やはり、そうか」

大目付はわが意を得たりというようにうなずいた。

「ただ、最後の最後には、この世には何かわからないものがある。それどころか、人というのは肝心なところは、まだ何もわかっていないのではないかと思えてきます」

と、根岸は言った。

「肝心なところは何も……」

大目付は、それは言い過ぎではないかという顔をした。

そのときである。

大広間の隅に寄せてあった、虎を描いた屏風《びょうぶ》が、風もないのにいきなりふわぁっと倒れたのである。

「なんだ？」

一同、目を瞠《みは》った。

しかも、その屏風の裏には、白い蝶々が一匹、ひらひらと舞っていて、たちまち飛び去って行った。

「まさか、蝶々が屏風を？」

「それはあり得ないだろう」

「蝶々……蝶野……」

「蝶野良助の魂が来ていたのか」

一同はざわつき、互いに顔を見合わせた。

しかし、根岸肥前守は一人だけ、小さな笑みを浮かべていたのだった。

二

その数日後の明け方である——。

南町奉行所の同心で、いまは夜回り専門となっている土久呂《どくろ》凶四郎《きょうしろう》が、浅草《あさくさ》から両国広小路《りょうごくひろこうじ》のほうへやって来た。

奉行所に帰る途中である。人々が起き出すころ、凶四郎の夜回りは終了する。すでに相棒の源次《げんじ》とは別れて、一人きりだった。

夜通し歩き回ったので、さすがに疲れている。身体の節々が、ざらついた感じがする。

このところいい仲になっている川柳の師匠であるよし乃《の》の家に寄って、寝かせてもらおうかと思ったが、昨日の朝、奉行の根岸が、

「なにやら怪しげなことが起きそうな気がする」

と、つぶやいていた。あの人の勘は当たるのである。今日は、奉行所のほうで寝たほうがいいかもしれない。

——ん？

足が止まった。浅草橋の手前である。

海産物問屋〈三陸屋《さんりくや》〉の前に、この店の者らしい五人ほどが集まって、困ったような顔をしている。

「どうかしたかい?」

と、凶四郎は声をかけた。

ちょうど町方の同心が来てくれたという顔になって、

「はい。手前どもはこの店の使用人で、向こうにある店の別宅である長屋に住んでいるのですが、いつもの刻限に出てきますと、店中の戸が閉じられているのです」

お店者《たなもの》の一人が言った。

「いつもなら開いているのか?」

「ええ。とうに開いて、小僧たちが掃除を始めているはずです」

「呼んだのか?」

「もちろんです」

と、別の者が戸の上のほうを、強く叩いた。それだけ叩けば、なかに聞こえないはずがない。

「裏口も?」

「開きません」

「なかには誰がいるんだ?」

「あるじ夫妻のほかに、若旦那夫妻、三番番頭《ばんとう》に手代《てだい》が二人、小僧が三人に、台所の手伝いをする婆さんと十一人いるはずです」

「ふうむ」

凶四郎は、戸に耳を当てた。物音一つしない。

「確かにおかしいな、これは」

「もしや、押し込みが入って、皆殺しなんてことは?」

いちばん年上らしい男が、青ざめた顔で訊いた。

「だったら、逃げるのにどこか開いてるだろうが。まだ、なかにいるなら別だが」

凶四郎は言った。それがあり得る事態である。

「橋の手前に番屋があったな? 呼んで来てくれ」

「わかりました」

「それと、戸をこじ開けられる釘《くぎぬ》抜きみたいなやつもな」

「はい」

若い男が駆け足で呼びに行った。

そのあいだに、そばにいた店の者に、

「昨夜、最後に出たのは?」

と、訊いた。

「たぶん、あたしです」

そう言ったのは、歳のころは四十半ば。角ばって、実直そうな顔をした男である。

「あんたは手代か?」

「いえ、あたしは二番番頭になります。帳簿をつけ終えて、出たのは四つ(夜十時)ごろだったかと」

「なにも変わったことはなかったかい?」

「変わったこと? そういえば」

「なんだ?」

「別宅のほうにいる下の娘さんに縁談があったらしいんですが、それが気に入らないらしく、怒って飛び出して行きました。飛び出したと言っても、ふだんから向こうの長屋の一室で暮らしているんですが」

「そうか」

それが店の者全員が閉じ籠もる理由にはならないだろう。

隣の仏具屋から、年寄りの夫婦が、なにごとかと顔を出していた。

「夜中、騒ぎのような音は聞いてないか?」

「いやあ、まったく聞こえてません」

と、亭主のほうが言うと、

「旦那。この人は耳が遠いんですよ」

「あんたは聞いたのか?」

「いや、なにも聞こえませんでしたよ」

と、女房は耳のよさを自慢するように言った。

「お待たせしました」

町役人《まちやくにん》と番太郎《ばんたろう》の二人が、駆けつけて来た。町役人が釘抜きを持っていて、番太郎のほうは、いちおう六尺棒を持っているが、歳は五十を過ぎていそうで、あまり頼りにはなりそうもない。

「それで開けられるか?」

「やってみます」

と、若い店の者が釘抜きの先を板戸の下に差し込み、梃子《てこ》のように持ち上げながら、戸を足で蹴った。

凶四郎もわきから蹴るのを手伝う。

めりめりと音がして、戸の真ん中の板が一枚外れた。

「閂《かんぬき》を外します」

若い者が手を差し込み、閂を外すと、ようやく戸が開いた。

「うっ」

凶四郎は顔をそむけた。

凄《すさ》まじい血の臭いが、なかから流れてきた。

周囲を見回しながら、なかへ入った。

「戸も窓も開けてくれ」

店の者にすべて開けさせた。ようやく、光と風が店のなかに入ってきた。

なかは広い。店の間口は十四、五間（約二五・五〜二七・三メートル）はある。

とくにほかと変わらない、土間と畳を敷いた上がり口。後ろに並んだ品物を入れた棚や甕《かめ》など。左手に帳場があり、奥に行くには、その帳場の後ろと、もう一つ、土間つづきで入って行ける通路もある。

凶四郎は、刀に手をかけながら、土間つづきの通路に入った。

途中の窓を開ける。光が入ると、三間（約五・五メートル）ほど先に誰かが倒れていた。

「なんてこった」

血まみれで、とくに頭部がひどいことになっている。確かめるまでもない、明らかに死んでいる。

そのわきの壁に血文字がある。大きく、

「がしゃどくろ」

と、書かれてある。

「がしゃどくろとは何です？」

番太郎が震える声で訊いた。

「おれの親戚じゃねえと思うぜ」

と、土久呂凶四郎は言った。

第一章　開かずの蔵

一

「しっ。静かにしてくれ」

凶四郎は、後ろで騒いでいる店の者たちを黙らせた。

奥に向けて耳を澄ませる。

聴覚だけが、白い猫のように店の奥へ分け入っていく。見えない部屋を探る。

息詰まるような時間。

「駄目だ」

何の物音も聞こえない。

不気味な静寂である。

「これ以上、迂闊《うかつ》に進まないほうがいい」

凶四郎は言った。

かつて、似たような経験をしている。押し込みのあった店に、知らせを受けて乗り込んだとき、まだ強盗が三人残っていて、いきなり踏み込んだ先輩が斬られたのだった。幸い先輩の命は助かったが、右腕の動きが不自由になり、数年で隠居に追い込まれた。その先輩とはときおり八丁堀《はっちょうぼり》ですれ違うが、いまだに心苦しく感じてしまう。あのとき、もう少し慎重に行動していればと。

凶四郎は数歩下がって、後ろにいた町役人に、

「奉行所に行って、早く人を呼んで来るんだ。途中の広小路の番屋でも声をかけ、応援を寄越してくれ」

と、頼んだ。

「わかりました」

町役人が飛び出して行った。

「お前たちも後ろに下がれ」

そう言って、凶四郎は刀に手をかけながら、店の外に出た。

町はもう、動き出している。大店だけでなく、小さな店も戸を開ける音がしている。いつもの江戸の朝。ここだけが異様な別世界になった。

野次馬が集まりつつある。

だが、異様な気配はわかったらしく、近づいて来る者はいない。

「死んでいるのは誰なんだ？」

なかに目をやったまま、凶四郎は後ろにいる店の者に訊いた。

あんな惨《むご》たらしい死体は、凶四郎も見たことはない。背中の着物が大きく破れ、肉が引き剝《は》がされたようになっていた。顔はえぐられたというか、引きちぎられたというか、ふつうの傷ではない。

まるで熊のような巨大な獣に引き回され、食いちぎられたみたいである。

答えがないので、

「誰なんだ？」

と、もう一度訊いた。

「いや、あれじゃ……」

二番番頭が呻《うめ》くように言った。

確かに、目鼻立ちの見当すらつかなかった。

「寝巻の柄からすると、手代の耕作《こうさく》です」

別の店の者が言った。

すると二番番頭が、

「耕作か。まだ十九です。小僧から手代になったばかりで。なんてこった……」

泣き声になった。

外から店のなかを見回した。黒いふんどしかと思ってしまうほど、大きな昆布が下がっている。干し柿みたいに縄で縛られたホタテ貝も見える。甕に入っているのは、塩漬けのワカメか。乾燥した小魚の匂いもしている。遠い北の海からもたらされた、江戸の食卓には欠かせない食料である。

ふと思いついて、

「三陸屋は海賊かなんかに恨まれたりしていねえかい？」

と、凶四郎は二番番頭に訊いた。

「海賊？」

「ふつうの悪党のすることじゃねえぜ」

あんな惨たらしいことができるのは、凶悪な海賊みたいな連中ではないかと、ふと思ったのだ。恨みがあって、何十人かで押しかけて来たのかもしれない。

「いや、そんなことは……海賊の話など聞いたことはありません」

両国のほうから足音がしてきた。

「どうしました？」

広小路の番屋の連中が報せを受けて、応援に来たのだ。

三人いて、皆、捕り物の武器を持っている。

「三人では足りないかもしれねえ。もう少し待とう」

出入り口からは、なかの死体が見えている。その凄まじさは、遠くからでもわかったらしく、

「土久呂の旦那、何があったんです？」

体格のいい男が訊いた。凶四郎も見覚えがある番太郎である。

「わからねえんだ。とんでもねえ化け物か獣が出て来るかもしれねえぜ」

じっさい、そうかもしれない。伝説の岩見重太郎《いわみじゅうたろう》が退治したような巨大な狒狒《ひひ》が、どういうわけかこの家に飛び込んでいたとしたら、ああした死人が出てもおかしくはない。

「なんてこった」

三人はそれぞれ武器を身構えた。

人通りが多くなって来る。立ち止まる者も多い。やがて、遠巻きに人の輪ができた。

半刻（一時間）を少し過ぎたころ──。

「土久呂、どうした？」

ようやく頼りになる男がやって来た。椀田豪蔵《わんだごうぞう》である。宮尾玄四郎《みやおげんしろう》もいるし、ほかに五人ほど中間《ちゅうげん》も連れて来ていた。

「わからねえんだ」

「わからねえ？　まずはなかだ」

椀田はいきなり踏み込んで行こうとする。

「おっと、よせ」

椀田を引き止め、

「迂闊に入っちゃ駄目だ。あの死体をよく見てくれ。ただごとじゃねえ」

と、凶四郎は死体を指差した。

「なんだ、ありゃあ」

椀田も顔をしかめた。

「ま、あんたたちがいれば大丈夫だろう。行くか」

と凶四郎は言い、なかへ入ることにした。

二

「おれが前に出るぜ」

と、巨漢の椀田豪蔵が言った。

椀田は剣の腕も立つが、柔術の達人でもある。ふつうの遣い手くらいが相手だと、刀で椀田に斬りかかっても、素手で投げ飛ばされる。岩見重太郎も、椀田のような男だったのではないか。

それでも不安はある。

「どんな武器かわからねえぞ」

凶四郎は言った。

「だが、銃はねえだろう」

さすがの椀田も、鉛の弾は浴びたくないらしい。だが、銃声を聞いたという者はいない。

「銃はないが、巨大な獣かもしれねえよ。狒狒かも」

「それなら大丈夫だ。いちおう鎖帷子《かたびら》を着込んできた」

袖をまくると、手首のところまで網目模様が見えた。

「そりゃあ、いい」

椀田は、家のなかでも振り回せるように、小刀《しょうとう》のほうを抜いて、先頭に立った。

つづいて、凶四郎、宮尾玄四郎。

手代の死体のところまで来た。

壁の血文字を見た椀田が、

「なんだ、がしゃどくろって？」

と、宮尾に訊いた。

「知らんな。聞いたことがない」

宮尾は、根岸の次に怪かし関係に強いと思われている。

「どくろがしゃがしゃと歩いてたのか？」

「それで、こんな殺され方をするか？」

宮尾は眉をひそめながらも、しゃがみ込んで遺体の傷を丹念に見た。

「これは刀じゃないねえ」

宮尾というのは、どんな切羽詰まったときも、しらばくれたような口を利く。

「だろうな」

椀田はうなずいた。

「爪を立てて引き裂いたみたいだ」

「爪だと。やっぱり獣か」

「打撲もあるぜ」

「ほう」

「嘘だろう……」

宮尾の声が裏返った。

「なんだよ」

「歯型があるんだ」

「歯型だと？」

「獣じゃない。人の歯型だ」

「……」

椀田は声をなくした。

凶四郎も背筋に冷たいものが這い上がってきたが、

「先へ進もう。このなかに、あと十人、いるはずなんだ」

と、顎をしゃくった。

椀田が動き出す。中間たちは、入口に待機させることにした。

土間の突き当りは裏手につづく戸になっているが、左に曲がれるようになっている。

「やけに静かだ」

椀田はそう言って、土間の突き当りに、身をひるがえすように突進し、すばやく左手を確かめた。巨漢にはあるまじき動きである。

「大丈夫だ」

左手は小さな部屋がいくつもつながっているが、襖は開いているので、一通りは見渡せる。奥の六畳間には蒲団が三つ敷いてあった。小僧たちが寝ていたのだろう。

枕元には、黄表紙《きびょうし》が開いたままになっていた。

別の六畳間には蒲団が一つだけ。ここは、三番番頭か手代の寝床なのだろう。

やはり店のほうからつづいている廊下の先に台所があり、大量の米が一面にぶちまけられていて、そこに血の跡が点々と残っている。家が狂い出したような、なんとも、異様な光景である。

台所の手前を右に曲がった先は厠《かわや》だった。厠の臭いがむしろ、親しみを感じさせる。その手前に三畳の小部屋があり、そこにも蒲団が一つ。これは飯炊きの婆さんの寝床だろう。

土間を挟んで小さな離れのようになった部屋があり、そこにも蒲団。こっちが三番番頭の寝床らしい。

これで一階はざっと見たことになる。誰もいない。

「もういっぺん確かめよう」

と、凶四郎は言った。

三人が別々に、押入れから厠まで確かめた。

「やはり一階にはいないな」

椀田はそう言って、上を見た。

二階がある。何の音もしない。

「番頭さん。二階の間取りはどうなっている?」

凶四郎が店のほうにいる二番番頭に大声で訊いた。

二番番頭はこっちにやって来て、

「上がったところは広い板の間です。東側に旦那の夫妻が使っている八畳間が二つと、あとは仏間があります。西側も同じ造りで、若旦那の夫妻が二つ使って、妹さんが使っていた部屋は、いまは空き部屋になっています」

と、説明した。

「わかった。行くぜ」

やはり椀田が先に階段を上った。

「板の間に異変はねえ」

凶四郎、宮尾がつづいた。二番番頭も恐る恐る上がってきた。

まずは東側を確かめた。

雨戸を開け、光と風を入れる。光と風はこんなに心地良いものだったのか――と、凶四郎は思った。いつもそう思えるなら、昼に動いて夜眠る暮らしにもどれるかもしれない。

とくに異常はない。やはり蒲団が二つ敷かれ、途中で起きたように上掛けがめくられている。血の跡も臭いもない。

「西側だ」

四人は西に向かった。同じように確認する。

「いねえな。どこに消えた？」

椀田が見回して言った。

「あとは蔵があります」

と、二番番頭が言った。

「蔵か。蔵だ」

椀田が言って、下に降り、裏の戸を開けた。

三十坪ほどの裏庭になっていた。草木の類はなく、隅には大八車が二台とめてあった。

蔵はその向こうに、視界全体をさえぎるように聳《そび》え立っていた。巨大な蔵である。

一面真っ白いしっくいが塗られ、頑丈そうな扉だけが、黒い色をしている。

「なかは？」

「海産物がほとんどですが、一部に金庫も造られています」

二番番頭がそう言ったとき、壁に耳を当てた宮尾が、

「おい、音がしてるぞ」

と、言った。

「え」

椀田と凶四郎も、いっしょに来ていた二番番頭も、同じように耳を当てた。

「ほんとだ」

「がしゃがしゃという音に聞こえるな」

凶四郎は言った。これががしゃどくろの由来なのか。

「何の音だ？」

宮尾が二番番頭に訊いた。

「わかりません」

こんな音は誰も聞いたことがない。

椀田が扉を叩いた。鉄板を貼った頑丈な扉である。叩いても、ほとんど音はしない。

「おい、誰かいるのか！」

椀田が怒鳴った。

音が消えた。

「くそっ」

鉄の門には、弁当箱みたいな大きな錠前がかかっている。

「鍵は誰が？」

凶四郎が二番番頭に訊いた。

「旦那と若旦那と、一番番頭の三人だけです」

「一番番頭は？」

「今日は集金で取引先を回ってからこっちに来る予定です」

「遅くなるのか？」

「いえ。もう、そろそろ来るころですが」

蔵は頑丈な造りで鍵を待つしかないのか。

蔵を見上げる。

見たことのないほど巨大な蔵である。この店の富と繁盛ぶりが窺える。

「裏はどうなっている？」

凶四郎は訊いた。

「裏はお寺さまの敷地です。回っても入るところはありません。高窓はありますが、扉は閉めてあるはずです。それに、鉄格子も嵌《は》まっています」

「横は？」

「左手は、お隣のお旗本の屋敷の境になっています。こっちも高窓はありますが、閉まっているはずです」

「右手は？」

「こっちから見えます」

と、二番番頭は右に回り込むように歩いた。

「あそこに高窓が」

白壁のかなり上、やはり鉄板を貼ったらしい扉の造りである。

「よくも、これほど厳重な蔵をつくったもんだぜ」

凶四郎が呆れたように言うと、

「あいすみません」

二番番頭は肩をすぼめた。

店のほうが騒がしくなった。

ようやく一番番頭がやって来た。髪の毛は輝くように真っ白で、七十は過ぎているかもしれない。いささか腰も曲がっている。いっしょに三人くらい店の者がついて来た。

「いったい、なにが？」

一番番頭は恐々と、二番番頭に訊いた。

「耕作の死体は見ましたか？」

「いや。そんなものがあったのか？」

別の通路から来たらしい。

「ええ。何があったのかはわからないんですが、この蔵に誰かいるみたいで」

「わかった。いま、開ける」

と、一番番頭は、腹巻から鍵を取り出した。複雑な凸凹《でこぼこ》になっている。

それを大きな錠前に差し込んで回した。

閂が外れた。重そうな観音開きになっている蔵を、椀田が力を入れて開けた。

蔵の手前の床のあたりが見えた。

「うわぁあ」

椀田の叫ぶ声は、凶四郎も初めて聞いた。

血の海のなかに、人ではなくなった首や胴体、腕や足らしきものが散乱していた。

三

「これは……」

奉行所の者でも入るのをためらってしまう。

しばらくは誰も入ろうとしない。

それどころか、店の者は扉に近づこうともしない。何人かが泣いているし、吐く者もいる。一番番頭は衝撃のあまり倒れてしまったらしく、店の者が母屋のなかに運んで行った。「医者を呼んでくれ」という声も聞こえた。

集団殺戮がおこなわれたのだ。生者は一人もいない。

それは一目でわかる。呻き声もない。ぴくりとも動かない。肉と骨と皮が、血にまみれて、乱雑に転がっている。噎《む》せるほどの血の臭い。

「これじゃ、遺体の判別もつかねえな」

ようやく椀田が声を出した。

「どうしたらいいんだ？」

宮尾ですらうろたえている。

「下手に動かさないほうがいい。どうせ、皆、死んでるんだ。お奉行の判断を待つべきだろうな」

凶四郎が言った。根岸にこの場にいてもらいたいと、強く思った。このわけのわからぬ事態に立ち向かえるのは、あの人だけではないか。

「いったい誰のしわざなんだ？」

椀田が唸るように言った。

なかから狒狒が飛び出して来るようすもない。とすれば、何者のしわざなのか。

「がしゃどくろかよ」

宮尾が吐き捨てるように言った。

――ん？

凶四郎は、蔵のなかの左側の高窓が開いているのに気づいた。

「おい、椀田、宮尾、見てみろよ」

指を差した。

「なんてこった」

窓枠に嵌められている鉄格子が、大きく曲げられている。

よほどの怪力があれを捻じ曲げて逃げたのか。

だが、あの高さからどうやって？

蔵の横を見た。クスノキらしい大木が枝を伸ばしていた。あの枝をつたえば、どうにか隣の屋敷に逃げられるかもしれない。

「隣の旗本というのは誰なんだ？」

と、凶四郎が二番番頭に訊いた。

「お旗本の高瀬《たかせ》進右衛門《しんえもん》さまのお屋敷です」

「面識は？」

「わたしはありません」

二番番頭は首を横に振った。

「そっちでも異変が起きているかもな」

椀田が言った。

「確かめるしかあるまい」

いったん外に出ることにした。

店の外で、ちょうどやって来たばかりの、根岸家の内与力である内藤主水《ないとうもんど》と出くわした。

「宮尾。何が起きた？」

内藤は宮尾に訊いた。同じ根岸家の家来である。

「内藤さん。まずは、裏庭の蔵をご覧になって来てください」

宮尾は、冷たいとも思える口調で言った。

内藤がもどる前に、凶四郎たちは隣家に向かった。

塀が長い。二千石や三千石の知行《ちぎょう》はいただいているだろう。

「なんと」

凶四郎たちは驚いた。

門が竹で閉ざされていた。

「これは？」

椀田が宮尾を見た。

「閉門だろうな」

「というと？」

「この屋敷のあるじになにか失態があったのだろう。かくして、出入りを差し止められているというわけさ」

宮尾は皮肉な笑みを浮かべて言った。

「なんてこった」

凶四郎たちは頭を抱えた。

町方では手がつけられない。

内藤主水がふらふらしながら、こっちにやって来た。

「どうしたのだ?」

「こっちに逃げ込んだのかもしれないのに、こういうことになってましてね」

宮尾が言った。

「とにかく、根岸さまに報せよう」

内藤主水が大慌てで奉行所に引き返して行った。

四

南町奉行所にいる根岸肥前守にも、事態は逐一、報告されている。

第一報は、朝から三件の裁きをこなし、奉行の部屋にもどったときだった。

浅草橋に近い海産物問屋の〈三陸屋〉で変死体が見つかり、土久呂凶四郎の要請で、椀田豪蔵と宮尾玄四郎たちが向かったということだった。

このときは、「がしゃどくろ」という言葉は報告されていない。

それから、半刻（一時間）ほどして、

「どうも三陸屋で、とんでもないことが起きたようです。あるじや手代たち十人以上が、もしかしたら殺されているかもしれません。一人、見つかっている死体は、尋常なものではなかったようです」

と、伝えられた。

「十人以上だと」

だとしたら、由々《ゆゆ》しき事態である。町方の責任も問われかねない。

「ええ」

報告した内与力の内藤主水の表情も硬い。

「尋常ではない死体とはどういうのだ？」

「それはよくわかりませんが、相手を示すように、がしゃどくろという血文字が書かれていたとか」

「がしゃどくろ？」

なんのことか。根岸が怪訝《けげん》そうにすると、

「なんでしょう？」

伝えた内与力の内藤も恐縮している。

「そんな獣でもいるのか？」

「獣ではなく、化け物なのでは？」

「わしは知らんな」

どくろというからには、化け物の類かもしれない。しかし、がしゃどくろなどという化け物は聞いたこともなければ、物の本で読んだ覚えもない。

「わたしも現場を見て参ります」

と、内藤主水は慌ただしく出て行った。

根岸も足を運びたいところだが、午後も裁きが二件入っている。万が一に備え、裁きの結論を吟味方与力に伝え、代理をさせるべく手配した。

そこへ、客があった。断われない客である。

元老中の松平定信《まつだいらさだのぶ》だった。

「根岸、忙しそうだな」

こっちを苛立《いらだ》たせるくらい、暢気《のんき》な口調である。しかも、正月に着るような光輝く白い着物姿で、今日の気分にはまるでふさわしくない。

「猫の手も借りたいくらいです」

と、根岸は言った。

「羨ましいな」

定信は根岸の部屋に腰を下ろし、山積みになっている書類をめくりながら言った。

「そうでしょうか」

「暇も良し悪しだ」

今度はため息をついた。

「そうかもしれませんな」

「根岸もそろそろ隠居したらどうだ？」

「わたしも？」

「そうしたら、いっしょに湯にでも行こう。白河《しらかわ》にはいい湯がいくつもあるぞ。いまどきは、山の湯がいいな」

「でしょうな」

定信に悪意はないのである。根岸を町奉行にしてくれたのもこの人なのだ。根岸のことは、まるで古びた玩具のように親しみを持ってくれているらしい。

「そなたも歳だろうが」

と、遠慮のないことも言った。

じっさい、もう六十代も半ばである。

「ま、辞めろという雰囲気が感じられたら、いつでも身を引くつもりなのですが」

まだ仕事は面白い。

「そうなのか」

どうやらいっしょに退屈を嘆き合いたいらしい。

「御前《ごぜん》には学問がありますでしょう」

と、根岸は言った。

定信は学者としても一流である。博物学に詳しいし、海外事情もひそかに収集していたりする。

「学問も面白いときもあれば、飽きるときもある」

「そういうときは悪戯でもなさってみてはどうでしょう?」

「悪戯?」

定信は目を瞠った。

「人を驚かせるのは楽しいものですぞ」

「そうかもしれんな。考えてみよう」

と、定信は急に立ち上がって、そそくさといなくなった。

いったい、何しに来たのかわからない。

内藤主水が出て行って、およそ一刻(二時間)ほど経った。

ようやく第三報を持ってきた。顔色が、水の底のようである。

「やはり、化け物のようです」

震える声で言った。

「……」

根岸は顔をしかめた。

「蔵のなかで、三陸屋の家族以下十人ほどを斬殺し、鉄格子をねじ曲げて隣家に逃げた模様です」

「見たのか、その化け物を？」

根岸はしかめ面のまま訊いた。

「いえ、姿は。ですが、殺され方は、わたしも見ました。とても、人や獣のしわざとは思えません。鉄格子も、曲げられるものではありません」

「人員は足りているのか？」

「土久呂、椀田、宮尾のほか、同心が二名、それと岡っ引きや中間がおよそ三十名、さらに周辺の番屋の者も出て、周囲を取り囲んでいます」

根岸はうなずき、

「それで？」

と、先を促した。

「がしゃどくろが逃げ込んだ隣家は旗本の屋敷なのですが、いま、閉門になっていて、どうすることもできないそうです」

「なんという旗本だ？」

「高瀬進右衛門とおっしゃる方のようです」

「……………」

根岸の知っている者ではない。

しかも、許可なく立ち入ってよいかは、さすがに土久呂や椀田には判断できないのだろう。

「目付の許可を得てまいりましょうか？」

内藤主水が訊いた。

「そんなことをしている場合ではあるまい。わしが参る。わしが許可する」

根岸は立ち上がり、数名の者とともに現場へ向かった。

第二章　滝夜叉姫の亡霊

一

根岸は浅草橋近くの高瀬進右衛門の屋敷に向かうと同時に、評定所へ使いを走らせた。目付の誰かに事態を報せて、現場に来てくれるよう依頼したのだ。もっとも、根岸は目付の到着を待たずに、高瀬家を探索するつもりでいた。

ところが、たまたま評定所にいたのは、牧野不二《まきのふじ》という若い目付で、この男がまた恐ろしく足が速く、根岸が来る前に高瀬家に到着し、門前で待ち構えていた。

「牧野さんが来てくれたか」

と、根岸は声をかけた。やたら元気な若者で、いつも腕をぶんぶん振り回しているような印象がある。性格も快活で、根岸の軽口にも、よく笑ってくれる。

「ええ。なにはともあれ、現場に駆けつけようと」

牧野は現場というより、川開きにやって来たみたいな、晴れ晴れした顔で言った。

「事情はお聞きかな？」

「聞きましたが、ちと、信じられぬ話で」

「わしもだよ」

根岸は言いながらも、門前の竹矢来《たけやらい》のようなものを外させ、

「気をつけて進めよ」

と、命じた。

根岸もこれまでの報告には半信半疑だが、十数人を引きちぎり、鉄格子を捻じ曲げて逃げた何者かがいるやもしれぬのである。

すでに、土久呂凶四郎、椀田豪蔵、宮尾玄四郎を先頭に、奉行所や番屋の者、それに岡っ引きなどおよそ五十名が、突入の支度を終えていた。さらに、塀を越えての逃亡にも備え、屋敷全体を取り巻いている。裏手は常信寺《じょうしんじ》という寺の敷地になっていて、そちらにも十人ほどの捕り方を配置してある。

門が開いた。

「行くぜ」

と、ここでも椀田豪蔵が先頭に立った。

屋敷全体の敷地は、五百坪ほどだろう。その半分以上は、こんもりと茂った森のようになっている。門から玄関まではさほどの距離はない。

玄関の戸を開け、なかを窺い、

「玄関周辺、異常なし」

と、椀田は野太い声で言った。

つづいて、

「玄関わきの客間にも異常なし」

という声が聞こえた。

ある程度、椀田や凶四郎たちが進んだところで、根岸もなかへ入って行く。目付の牧野もいっしょである。

「高瀬家の当主、進右衛門のことは、どれくらいご存じかな？」

根岸が牧野に訊いた。

「あまり詳しくはないのですが、知行は三千石ほど、役職はなく、代々、寄合《よりあい》がつづいています。それで、近ごろ、家のなかでごたごたがあり、責任を感じて、自ら閉門としたいと連絡があり、許可されたようです」

その件は、評定所の会議では取り沙汰されておらず、目付のなかで決定したのだろう。

「自らとはおかしな話だな」

「ええ。ただ、高瀬家はご三卿の一橋《ひとつばし》さまと縁戚関係にあり、あまり突っ込みにくいところもあるようでして」

牧野自身も納得がいっていない口調だった。

根岸と牧野も、すでに屋敷のなかに入った。

周囲を見回しながら、

「嫌な気配が漂っていますな」

と、牧野は言った。

「そうだな」

根岸はうなずいたが、気配というよりは臭いではないか。なにか、生ぐさい臭いが、うっすらと漂っている。魚の生ぐささでも、血の臭いでもない。だが、どこかで嗅いだことがあるような臭いである。

「なんだ、これは！」

先に進んでいる凶四郎の声がした。

緊張感が漂い出している。なにか異変があったらしい。目付の牧野が、刀に手をかけ、根岸の前に出た。老体を気遣ってくれたらしい。根岸はひそかに苦笑した。

「水だ」

「医者を呼べ」

という声もつづいた。

「高瀬さま！」

椀田が呼ぶ声がした。

「どうした？」

根岸が声をかけると、

「高瀬さまらしきお人が倒れています」

奥から宮尾の声が返って来た。

「うむ」

根岸はうなずき、牧野を追い越して先へ進んだ。この屋敷のいちばん奥のほうである。

廊下を抜けると、庭に面した広間のようだが、この一帯はひどいことになっていた。

襖は破れ、畳がめくれ上がり、簞笥が横倒しになっている。天井に大きな穴が開き、そこから光が差し込んでいる。穴は屋根までつづいている。まるで嵐——いや、竜巻にでも襲われたみたいである。ただ、濡れたり湿ったりはしていないので、嵐でも竜巻でもないのは明らかである。

畳の間と廊下のあいだに、男が凄まじい血を浴びて、仰向けに倒れていた。

「死んでいるのか？」

根岸が訊いた。

「いえ。息も脈もあります」

男のわきに座っている凶四郎が言った。

「なるほど。顔色は悪くないな」

根岸は言った。

しかし、男は死んでいるようにぴくりともしない。顔や腕には無数の引っかき傷があり、着物もあちこちがかぎ裂きになって、血まみれの肌を露出させている。かたわらに刀があり、血のような膿のようなものがついているばかりか、刃こぼれもひどい。先端は少し曲がっている。いったい、何者と戦えば、こんなふうになるのか。

「高瀬か?」

根岸は牧野に訊いた。

「さあ」

牧野は顔を知らないらしい。

ほかの誰も高瀬を知らない。

「まずは医者に介抱させ、意識がもどるのを待とう」

と、根岸は言った。

「向こうの部屋も一通り見て来ます」

椀田たちは、迂回するように左手に進んだ。

しばらくして、

「こっちに女が倒れています！」

という凶四郎の声がした。

男のほうは牧野にまかせ、根岸は左手に進んだ。

こちらは、ひどいことにはなっていない。きれいに片付いたままである。

途中に宮尾がいて、

「御前、そちらです。ほかはとくに異常はないみたいです」

と、言った。

台所だった。土間と板の間にわかれているが、板の間に女が倒れていた。

一目見て、女が死んでいないことはわかった。横になっているが、両手を顔に当てている。生きている者のすることである。

「しっかりしろ」

椀田が声をかけていた。

凶四郎が水を汲んできて、女を抱えるようにして、柄杓《ひしゃく》から口にふくませた。若くはない。四十は過ぎているのではないか。

女は一口飲んで、

「ああ、怖い、怖い」

と、言った。

「なにがあったのだ？」

椀田が訊いた。

「わかりません。化け物が」

「どんな化け物だ？」

「骸骨が……金色に光る骸骨が……ああっ、怖い、怖い」

女は錯乱したみたいになって、椀田にしがみついた。

「もう大丈夫だ、しっかりせい」

椀田は軽く背中を叩いて、なだめすかしながら、

「そなたはここの女中か？」

と、訊いた。

「はい。お藤《ふじ》といいます」

「なにがあったか、覚えているな？」

「よく、わからないのです。向こうが急に騒がしくなって、怖かったのですが、ろうそくを持って見に行こうとしたら、その向こうになにか白くて金色に光るものが、

うわっと押し寄せて来て、あたしは吹き飛ばされたみたいになって……」

「それきりか？」

「途中、目を覚ましたような気もしますが、今度は何かに殴られたみたいに」

と、お藤は頭に手を当てた。

「どれ？」

椀田が頭を探った。

「傷はないが、こぶができているな」

殴られたというのは本当らしい。

だが、根岸は首をかしげた。人の肉を引きちぎるほどの化け物が、ずいぶん軽く殴ったものである。

「ほかに人はいたのか？」

根岸が訊いた。

「いまは、殿さまとわたしだけです」

「いまは？」

「三月ほど前までは、殿さまのお妹さまも生きておられたし、ご家来が二人に、女中もわたしのほか二人ほどおりましたが、ご家来は暇を出され、あとの女中は逃げるように辞めてしまって、わたしだけになっていました」

「逃げるようにというのはなぜだ？」

「なんか、怖いと言ってました」

「なにが怖かったのだ？」

根岸はさらに訊いた。

「わかりません」

「そなたは怖いことはなかったのか？」

「はい」

「ここは閉門になっていたな。何があった？」

「わたしはわかりません」

首を左右に振った。知っているが言えないというふうにも見える。

「三月前あたりのことや、閉門のわけを知っている者はおらぬのか？」

「山崎《やまざき》さまが、おそらく」

「山崎？」

「用人をなさっていましたが、暇を出されて……」

根岸がその者のことを訊こうとしたとき、女中はふいにきょろきょろし、

「殿さまは？」

と、訊いた。

「向こうに男が倒れていた。高瀬進右衛門かどうか、確かめてくれるか」

「倒れていた？」

「安心せい。死んではおらぬ。眠っているようだ」

根岸たちは、お藤を広間のほうへ連れて行った。

「これは」

部屋の惨状に驚いて口に手を当てた。昨夜のここでの騒動については、覚えていないらしい。

さっき男が倒れていたところに、いまはいないので、

「あの男は？」

根岸が訊いた。

「向こうに」

と、牧野が指差した。

先ほど倒れていたところから移して、屋敷のいちばん南側にある書斎のほうに蒲団が敷かれ、寝かされていた。

玄関のほうから、ちょうど医者が駆けつけて来たところだった。

お藤が一目見て、

「殿さまです」

と、うなずくと同時に、

「これはまた、どうなさった?」

医者が驚きの声を上げた。

二

医者は、高瀬の全身を診て、

「小さい傷はいっぱいありますが、命に関わるような傷や打撲は見当たりません。だが、精魂尽き果てているのかも。とにかく、休ませることです」

と診断を下し、体力を回復するという薬をつくり、

「これを煎じたものを、布に含ませて、吸わせるようにしてください。あとは、目を覚ましたら、できるだけ滋養のあるものを食べさせるといいでしょう」

そう言って帰って行った。また、明日、容態を診に来るという。

高瀬はまだ昏々と眠りつづけている。

根岸は、高瀬をこのまま書斎で寝かせ、お藤もだいぶ落ち着いてきたので、世話をしてくれるよう頼んだ。また、人手が足りないだろうと、とりあえず目付の手下を一人と、奉行所の中間を二人ずつ、交代で詰めさせることにした。

「さて、三陸屋のほうも見ておくか」

根岸が高瀬家から出ようとすると、

「お奉行、ひどいですよ」

凶四郎が言った。

「うむ。話は聞いているので、最初にそなたたちが見たときよりはましだろう」

「確かに、最初に見たときは、慄然《りつぜん》としました」

凶四郎が青い顔で言うのだから、よほどのものだろう。

根岸は、店の前に集まっている野次馬を一瞥し、三陸屋のなかに入った。

「まずは、がしゃどくろの血文字を見よう」

「それはこっちです」

凶四郎が土間つづきの通路のほうへ案内した。

「これです」

遺体には筵《むしろ》がかけられている。

根岸はそれをめくって、遺体を見た。

「………」

さすがに表情は硬い。

さらに、壁の血文字を見た。

「土久呂。この者が自分の指で書いたみたいになっているな」

遺体の右手の人差し指に、血がついていた。

「ええ」

「だが、こんなにされて字など書けるか？」

「確かに変ですね」

「がしゃどくろ……そなたの親戚ではないよな？」

少し笑って言った。

「ええ。親戚に、がしゃはいません」

「よし。では蔵を見よう」

根岸は奥へ向かった。

蔵の前には、内与力の内藤主水がいた。

「どうだ？」

「とにかく、人間のごった煮みたいになってましたので、少しだけ片付けさせています」

内藤は手ぬぐいを口に当てたままで言った。

「動かす前のようすは、絵にしてあるな？」

と、根岸は訊いた。こっちに来る途中で、内藤に命じておいたことだった。

「はい。してあります」

「うむ。では、まずは遺体を並べるか」

根岸はそう言って、まだ、半分も片付いていない蔵のなかを見た。

遺体を見慣れている奉行所の人間でさえ、皆、手ぬぐいを鼻と口に何重にも巻き付けて作業をしている。

蔵のなかは、入口から一段高くなって、板敷きになっている。そこは血の海だが、そこには小判が数えきれないほど散らばっている。それればかりか、遺体の骨や肉にも紛れ込んでいるらしかった。

「金庫もこのなかにあったのか？」

根岸は椀田に訊いた。

「ええ、千両箱が壊されたみたいです」

「いかほどあったのだ？」

「さっき、二番番頭に訊いたら、千両箱が三箱」

「三千両か？」

「ほかに五百両ほど」

「なるほど。ぜんぶ出て来るかはわからんな」

「え？」

椀田は不思議そうな顔をした。

根岸はさらに、

「蔵の鍵が閉まっていたらしいな？」

と、訊いた。

「ええ」

椀田はうなずいた。

「これは内側からは閉められぬ造りだろう。であれば、誰が閉めた？」

根岸がそう言うと、

「あ」

椀田は初めてそのことに気づいたらしく、凶四郎を見た。

「わたしも気づきませんでした。だが、店のほうはすべて内側から閉ざされていました。とすると、この蔵の鍵を閉めた者は消えたことになりますね」

と、凶四郎は言った。

根岸は、蔵の鍵や門を見ながら、

「土久呂。しめさんを手伝っている雨傘屋《あまがさや》」

「はい」

「あいつを呼んで、ここを調べさせてくれ」

「しめさんもですか？」

凶四郎は訊いた。

「雨傘屋だけ呼ぶと、しめが拗《す》ねるか。まあ、このようすを伝えたうえで、見たいというなら見せてやってくれ」

「わかりました」

凶四郎は、誰かを使いに出すため、店の表のほうへ向かった。

「わしは、家のなかを詳しく見て回る」

「お供します」

と、宮尾玄四郎が、根岸のあとに付いた。

家のなかは、とくにひどいことにはなっていない。荒らされた跡もない。

二階を見て回りながら、

「土間で死んでいた者は、誰かは判明したのか？」

と、根岸は宮尾に訊いた。

「ええ。手代の耕作という者だそうです」

「その耕作だけがあそこで死に、あとは全員、蔵に入れられたわけか」

「そうなりますね。妙な話ですが」

「妙だが、がしゃどくろだと名乗りたかったのかもしれぬな」

「名乗る？」

「自分で名乗るわけにはいかなかったのだろう」

一通り検分し、蔵のところにもどった。

凶四郎がいて、

「お奉行。おかしなことが」

と、言った。

「なんだ？」

「バラバラになった小判を、番頭に数えさせていますが、三千五百両あったはずの小判が、まだ八百両しか出てきていません。まだ、少しは見つかるかもしれませんが、相当な額が消えています」

「およそ二千七百両か。どこに行ったかな」

「そういえば、お藤が、化け物は金色に光っていたと言ってましたね」

「小判を身体に取り込んだというのか」

根岸は笑った。

「お奉行……」

今度は、椀田が深刻な顔で根岸を呼んだ。

「どうした？」

「いま、遺体を組み合わせながら並べているのですが、頭が十二ばかしあるんです」

「幾つあるべきなんだ？」

「店でいなくなっているのは十人です」

「二人増えたのか」

「いま、着物だの髪型だので、なんとか特定しようとしているのですが、一番番頭は具合が悪くなりましたし、手代も泣きじゃくるのがいたりしてまして」

「だろうな」

根岸はうなずいた。

あんなことがあっては、動揺は当たり前だろう。

「増えたとなると、食った分だけじゃなくて、すでに食ってあった分まで吐き出したことになりますね」

凶四郎が呆れたように言った。

三

三日後――。

眠りつづけた高瀬が目を覚ました。

すぐに連絡が入り、奉行所からは、土久呂凶四郎、椀田豪蔵、宮尾玄四郎が駆けつけた。根岸も行きたそうだったが、あいにくこの日は、お城の黒書院《くろしょいん》における会議の予定が入っていた。

目付筋からも来ていて、牧野不二と、立花修吾《たちばなしゅうご》、その家来たち数名が同席した。

「いったい、何があったのだ？」

目付の牧野が訊いた。

高瀬は目を開けたまま、しばらく天井を見ていたが、

「おそらく、ことの発端は妹の滝《たき》」

と、低い声で言った。顔色はもともとそう悪くない。が、見た目より消耗しているのかもしれない。

「妹がことの発端とな？」

「ええ。滝には嫁入り話が決まっていたのですが、不貞を働いていたのです」

高瀬は、いかにも汚らわしそうに顔を歪め、

「しかも、役者」

と、さらに吐き捨てるように言った。

「役者……」

「それどころか、役者の幽霊」

「役者の幽霊……」

皆、顔を見合わせた。なんと奇怪な話になるのか。

「幽霊だったという根拠はなんなのです？」

宮尾玄四郎が訊いた。

「役者は、名を中村炎之助《なかむらえんのすけ》と名乗った。中村炎之助は、舞台の上で気がおかしくなり、頓死しているのだ」

「ああ、確かにそんな話が」

と、目付の立花修吾がうなずいた。

「幽霊と不貞を重ねる滝は、わたしが処罰した。いかに、幽霊に化かされた者とはいえ、じつの妹を手にかけたという罪は明らか。といって、事実を公にするのは忍びない。よって、わたしは自ら閉門としたのだ」

「そういうわけか」

目付二人がうなずいた。閉門の理由は、目付たちも詳しく知らなかったらしい。

「ところが、事態はそれでは済まなかった」

高瀬は苦しそうにした。

「大丈夫か。水を」

牧野不二がお藤に水を持って来させ、口に含むのを待った。

「滝は、あの世で滝夜叉姫《たきやしゃひめ》の亡霊と合体したらしい」

「滝夜叉姫？」

牧野は首をかしげ、町方の三人を見た。だが、三人とも首を横に振った。凶四郎も聞いたことはある気がする。芝居などの登場人物ではなかったか。

すると、目付の立花修吾が、

「平将門《たいらのまさかど》の娘というあれか？」

と、訊いた。

「そうらしい。滝はそう申しておった。しかも、滝は裏の常信寺に持ち込まれたという疫病の死者たちの骸骨を家来にしていて、それらを操りながら、わたしに襲いかかってきた」

「それが三日前の？」

「三日前？　わたしは三日も眠っていたのか？」

「そうだ。それで、戦ったのか？」

「さよう。化け物があれほど力があるとは思わなかった。わしも必死で戦い、なんとか撃退した。滝は天井を突き破って、虚空へ逃げて行った……」

高瀬はそこまで言うと、疲れたように目をつむった。

「だが、それはおかしいですな」

と、凶四郎が口を挟んだ。

「なにが？」

高瀬は目を開けた。

「隣の三陸屋で起きたことはご存じでしょうか？」

「三陸屋でなにか？」

「家の者が蔵のなかで十人以上、惨殺されました。惨たらしい殺しです。それも滝夜叉姫のしわざだということでしょうか？」

「それは、わしは知らなかった。だが、もしかして……」

高瀬の顔が曇った。

「どうなさいました？」

「滝は、中村炎之助の幽霊と不貞を働く前に、隣の清蔵《せいぞう》という若旦那に懸想《けそう》しておったのかもしれぬ」

「なんと」

「思いをとげられなかった恨みは、三陸屋にも向いたのかもしれぬ。もはや、憎悪の激しさを自分でもどうにもできないふうだった」

「驚いた話ですな」

一同、顔を見合わせた。

「いや、まだ、おかしなことが。三陸屋の蔵の前にいたとき、なかでがしゃがしゃという音がしていたのです。すでに朝になっていたので、化け物どもは逃げてしまったあとなのでは？」

と、凶四郎は食い下がった。

「そこまでは知らぬが、あの骸骨どもは一つに合わさったり、ばらばらになったりするのだ。一体ほど、逃げ残っていたのかもしれぬ。わたしも終いのころは、無我夢中だったのでな」

高瀬は、もう疲れたというように、手で周囲の者を追い払うようなしぐさをした。

それで、ひとまず休ませることにした。

いったん、別の間に移った目付たちは、

「驚いたな」

「しかし、そういうことでなければ、一連の奇怪なできごとは、説明がつかないかもしれぬな」

「あの、天井の穴にしても、そう簡単には開けられるものではないしな」

「だが、高瀬はそれほど腕が立ったのか？」

「一刀流《いっとうりゅう》は免許皆伝だったらしい」

「ほう」

「裏の常信寺の話も出ていたが」

「疫病の死者と言っておったな」

「本当にそんなことがあったのか、確かめたほうがよいな」

などと話し合った。

町方の三人は黙って聞いていたが、

「立花さま。滝夜叉姫というのは、実在したのですか？」

と、宮尾玄四郎が訊いた。

「わしは何度か芝居で観ただけなのだが、どうなのかな。芝居では、確かに骸骨の化け物を操っていたな。まあ、いろんな話に出てくるので、それに近いことは、あったのではないかな」

立花がそう言うと、

「そっち方面は、あんたたちの大将に訊いたほうがいいだろう」

と、牧野不二が笑いながら言った。

根岸は宮尾玄四郎からその話を聞いた。

「滝夜叉姫とな」

「ほんとにいたのですか？」

「いたらしいな」

と、根岸は言った。

「そうなので」

宮尾は驚いた。どうせ戯作者《げさくしゃ》がつくった嘘《うそ》っ八《ぱち》だと思っていたのだ。

「常州《じょうしゅう》のなんとかといった寺には、墓も実在すると聞いたことがある」

「では、亡霊というのも？」

「それはどうかな」

と、根岸は薄く笑って首をかしげ、

「それで、目付のほうは納得したようすなのか？」

「だいぶ納得はしたみたいです。ただ、裏の常信寺にも問い合わせてみると。ついては、寺社方の許可ももらうとおっしゃってました」

「なるほど。寺社方もからんでくるか」

根岸はしばし思案し、

「宮尾。高瀬の用人で暇をもらったという、なんといったかな」

「山崎と言ってましたね」

「その者の話をぜひ聞いてみたいな」

「わかりました」

「それと、ほかにもいた家来や女中たちの話もな」

「調べます」

宮尾は高瀬の屋敷に引き返すと、お藤を呼んだ。だいぶ回復したらしく、顔色もよくなっている。

「大丈夫か?」

「ええ。ありがとうございます」

お藤の頬が、よく効く薬でも飲んだみたいにぽっと赤らんだ。

「そなたが話していた山崎という元用人だがな」

「はい。山崎三五郎《さんごろう》さま」

「その人はいま、どこにいるのだ?」

「わかりません。山崎さまは、代々、高瀬家の用人だったはずですので、ほかに住まいがあるとは思えないのですが」

「そうか」

「暇を出されたときもだいぶお困りのようでしたが」

「いくつくらいの人だ?」

「四十くらいでは?」

それくらいなら、別の主家《しゅけ》を見つけているかもしれない。

「ほかにも家来がいたのだな？」

「須田金右衛門《すだきんえもん》さまというまだ若い方が」

「その人はどこに？」

「元は、深川《ふかがわ》の生まれだと聞きましたが……」

お藤は眉をひそめて押し黙った。

「どうした？」

「暇を出されたあと、亡くなったと聞きました」

「死んだ？」

「夜道で、誰かに襲われたとかで」

「なんと……女中たちは？」

「おせいとおのぶがいました。おせいは、黒船町《くろふねちょう》の大きな菓子屋の娘でしたので、実家にもどりました。おのぶは、馬喰町《ばくろちょう》の裏長屋の娘で、そっちにいるんじゃないでしょうか」

「そうか」

宮尾は全員、なんとか捜し出すつもりだが、須田が誰かに襲われたというのも、なにか嫌な感じがしていた。

四

海産物問屋の三陸屋で起きたらしい奇怪なできごとについて、すでに噂が流れ始めている。もちろん、三陸屋の生き残った店の者から出回ったのだろう。

ただ、蔵のなかを見た店の者は、そう多くはない。一番番頭、二番番頭のほか、数人しかいない。その者たちには、他言せぬよう命じたし、

「話さないのはもちろんですし、思い出したくもありません」

と二番番頭が言ったのは、本音だろう。

むしろ、現場を見ておらず、番頭たちのようすからいろいろ想像した店の者が、勝手な想像をしゃべりまくっているらしい。

「蝦夷《えぞ》の熊が出た」

という噂もあった。

「どうも若旦那がひそかに、船主に頼み、蝦夷のでっかい熊を運んで来てもらい、それを蔵のなかで飼っていたらしいんだ。それが夜中に逃げだして、店の者を皆、食ってしまったらしいぜ」

手代の一人がそう言ったという。

「押し込みに決まってる」

との噂は、女中あたりから出たらしい。

「運び込んだ荷物のなかに、強盗たちが隠れていたらしいよ。それで、夜中に抜け出し、店の人たちを皆殺しにして、金を奪って逃げたんだ。なかには、肉を焼いて、食われたって手代もいたみたいよ。不思議なのは、店がなかからしっかり戸締りされていて、強盗が逃げたようすがないんだって。でも、二階から下に降りたり、そんなのはどうだってできるよね。あたしはたぶん、店の誰かが強盗とつるんだんだと思うよ」

この、内部に協力者がいたという推測も、ずいぶんされているらしい。

祟《たた》り説というのも出た。

「三陸屋というのは、蝦夷のほうで品物をいっぱい仕入れているんだが、蝦夷の神さまに恨まれるようなことをずいぶんしてきたらしいんだ。その祟りで、蝦夷から来ていた塩じゃけを皆で食ったところが、祟りが回って、おっちんじまったらしいよ。祟りだから、身体中がサケに食われたみたいになって、とても見られたもんじゃなかったそうだ」

これは、三陸屋と取り引きがあった乾物屋が囁いて回ったものである。

しかし、なんといっても、いちばん出回っているのは、妖怪変化《ようかいへんげ》のしわざという噂だった。

「どうも、北のほうから凄まじい妖怪を連れて来てしまったみたいなんだ。樽に入っていて、それが夜中に這い出してきて、店の者を全員、むさぼり食ったというんだ。とにかく遺体はひどかったらしいぜ。肉ばかりか、骨までしゃぶられてたっていうんだから。しかも、まだ逃げてなくて、別の樽にひそんでいるらしいよ。危なくて、あのあたりには行けないよ」

この妖怪変化の姿は、巨大なクラゲのようだったり、海坊主《うみぼうず》みたいなものだったりして、さまざまに語られているようだった。

これだけ噂が広まっているくらいだから、もちろん瓦版も、すでに何枚か出てはいる。だが、その内容となると、さっぱり要領を得ない。町の噂を拾い集めたようなもので、出来の悪い怪談話みたいなものばかりである。絵にしても、大きな口が描かれていたり、ただの影になっていたり、はっきりとは描かれていない。

ただ、噂や瓦版に共通するのは、どうも三陸屋の店の者は、ただ殺されたのではなく、遺体がひどいことになっていて、なにかに食われたりしたらしいというところだった。

ふだん根岸は、瓦版には鷹揚《おうよう》で、たいがい好き勝手に書かせているのだが、今度ばかりは箝口令《かんこうれい》を敷いた。番屋や岡っ引きたちから、江戸中の瓦版屋に、

「はっきりせぬことで、不安をまき散らすことはせぬように」

との命令を伝えさせたのだった。

それでも、商売熱心な瓦版屋は、執拗《しつよう》に真相に迫ろうとしていた。

重吉《じゅうきち》という瓦版屋もその一人で、出入り禁止になっている三陸屋から凶四郎が出て来たとき、さっとそばに寄り、

「土久呂の旦那。なんなんです、がしゃどくろてえのは？」

と、訊いてきた。凶四郎は何度も話したことがあった。色が白く、瞳に賢さを感じさせる強い輝きがある。小柄だが、いかにも機敏そうな身体つきである。

「がしゃどくろぉ？」

凶四郎はとぼけた。

「壁に描いてあったでしょうが」

「あんた、見たのか？」

「見ましたよ」

潜り込んだらしい。それくらいのことはするやつである。

重吉は、変わった瓦版を出している。

ほかの瓦版のように、派手な絵入りで、面白おかしく仕立てた記事を載せるのではない。落ち着いた筆致で、わかったことだけを書いている。

売れなくてもいいので、真相を報せるのが狙いという瓦版だという。

どうも、越後屋《えちごや》の三井《みつい》だの、大きな札差《ふださし》だの、木場《きば》の材木屋といった豪商たちが、できごとの背後にあるものが知りたくて、調べを頼んでいて、その報告書みたいなものらしい。だから、いちおう町でも売るが、売れなくてもかまわないというわけである。

「化け物が出たみたいに言うやつもいるな」

と、凶四郎は言った。

「旦那、信じてます？」

「わからねえ。おめえに訊きてえくらいだ」

「あっしは、化け物の瓦版なんざ、一枚も出したことはありませんよ」

「ほう」

「なにがしゃどくろですか。獣が暴れたんじゃねえんですか？」

「うんうん、獣の線はおいらもあると思うんだけどさ」

「あ、旦那は獣の線も信じてねえでしょ」

「だったら、持ち出すなよ」

「あっしは、まずは三陸屋のことをとことん探ってみるつもりですがね」

「三陸屋を？」

「偶然、狙われたわけじゃねえでしょう。なんか、狙われるわけがあったんでしょう。そいつを探ります」

「なんかわかったら教えてくれ」

「ご冗談を」

と、重吉は笑ったが、凶四郎は本気だった。

五

この事件は、担当が厄介だった。

三陸屋は町方が、旗本である高瀬家は目付が、常信寺は寺社方の担当である。

だが、三陸屋は誰も生き証人がいない。

そのため、目付と寺社方で調べが進んだ。

事件が起きて十日後――。

評定所で、報告がなされた。

「最初に、われらが得た結論を申し上げますと、三陸屋の店の者十数人を惨殺したのは、旗本高瀬進右衛門の亡くなった妹の滝の亡霊と、〈餓舎髑髏《がしやどくろ》〉という怨霊《おんりよう》のしわざとしか考えられないということになりました」

目付の牧野不二がそう言うと、同席した者たちは、うなずく者と、信じられぬという顔をした者とに二分された。

「餓舎髑髏とはなんじゃ？」

寺社奉行の一人が訊いた。

「三陸屋と高瀬家の裏は、常信寺という寺の敷地になっているのですが、そこの住職である雲快《うんかい》が言うところでは、信仰の一つの方法に〈餓舎〉と呼ばれる断食《だんじき》小屋を使う修行があり、ここへ信者が入って修行をするのですが、望まずに死に至った者が化けて出ることがあるのだそうです。それを餓舎髑髏というのだとか」

牧野がそう答えると、

「それは初耳だ」

と、根岸が言った。

「しかも、常信寺ではひと月ほど前に、餓舎に入った信者十二名が、どうも断食の途中に疫病に罹患し、亡くなってしまったのだそうです。その霊らしきものが、このところ墓地で暴れそうな気配があったそうです」

「ほう」

何人かは、さもありなんというふうにうなずいた。

「それで、嫁入り前に不貞があって、兄の高瀬進右衛門に成敗された妹滝の霊魂が、この餓舎髑髏と出会い、滝の懸想していた三陸屋の若旦那のところへ行って荒れ狂い、店の者十一名を食い殺しました。それでいっそう力をつけた滝と餓舎髑髏は、兄の高瀬進右衛門の屋敷に行って襲いかかりましたが、高瀬の気力と剣に敗北し、虚空へと逃げ去ったようなのです」

そこまで言って、牧野は額の汗をぬぐい、

「なんとも驚くべき結論であり、お歴々のなかには異論をお持ちの方もいらっしゃるでしょう。しかし、われらの調査の結果では、以上のように結論づけることしかできませんでした」

牧野不二はそう言って、むしろ居直ったかのように昂然《こうぜん》と胸を張り、出席者の顔を一人ずつ見回した。

「しかし、わしがざっと検分したところでは、蔵の鍵を誰が閉めたかという謎があった」

と、根岸が言った。

「それは、おそらく滝夜叉姫の亡霊が」

牧野は苦しそうに言った。

「金も無くなっておりましたぞ」

「それは、餓舎髑髏の身体に取り込まれ、虚空に消えてしまったのかと」

「化け物は便利ですな。なんでもできてしまう」

根岸は苦笑して言った。

「しかし、この一件はやはり、魑魅魍魎《ちみもうりよう》のしわざとしないと、あまりにも不可解なことが多過ぎるのです」

牧野がそう言うと、寺社奉行の一人である水野忠成《みずのただあきら》が、

「確かにそういうこともあるだろう。根岸の『耳袋』を読んでいると、こんなことがあってもおかしくないではないか」

と、この件はもうおしまいだという口調で言った。

会議を終え、南町奉行所にもどった根岸は、

「なんともはや……」

呆れたように何度もため息をついた。

結局は、魑魅魍魎のせいになったのである。それでは、蔵の鍵や内側から閉ざされた店の謎も、二千七百両の行方も、十人が十二人に増えた理由も、何一つ解決できていないのである。なんでも信じる純情な庶民はともかく、瓦版屋あたりでも、こんな結論には納得しないのではないか。

「みゃあ」

と、飼い猫のお鈴《すず》が、根岸の機嫌を測るように、ぐるりと一回りした。

「あんたも魑魅魍魎の一人か?」

根岸が苦笑してそう言ったとき、

「お奉行。雨傘屋が参りました」

と、宮尾が告げた。

「お、通してくれ」

雨傘屋は、宮尾に呼ばれると、すぐさま現場に駆けつけていたのである。以来、あの蔵にほぼ籠もりきりだったらしい。

親分であるしめのほうは、蔵の前までは来たけれど、ちらりと血溜まりを見て、そのまま引き返したということだった。

その雨傘屋は、神妙な顔で根岸の部屋に入ってきた。両手に藁《わら》でくるんだ、妙な道具みたいなものを持っている。

「あの遺体ですが、じっくり見させてもらいました」

「大変だったな」

「ええ。今朝もあの夢を見て目が覚めました」

「だろうな」

根岸も辛い仕事を押し付けた気がしている。

「いや、まあ、それはともかく、あの惨たらしい遺体は、別に化け物だの魑魅魍魎だのじゃなくてもやれると思いました」

「そうか」

「これは、鯨《くじら》を解体するときの道具です」

と、持ってきた道具を前に置き、藁を開いた。頑丈なノコギリと、小型の鍬《くわ》のようなものが現われた。

「鯨を」

「巨大なマグロのときも使われたりします」

「なるほど」

「まだ、調べていませんが、猪《いのしし》などを解体するときも、似たような道具を使うかもしれません。これを使って、人を叩き切ったり、引き剝がしたり、刻んだりすれば、あのようになります」

「そういったことに慣れた者ならな」

「はい。やはり、経験がないと、あそこまでのことはできないでしょう」

「なるほどな」

あれだけの血を浴びながらやれるというのは、やはりふつうの者には無理である。

「だが、なぜ、あんなひどいことを……」

雨傘屋はそこまで言って絶句した。

「魑魅魍魎のしわざにしたかったのだろうな……それと、ああまでしたのには、ほかにもわけがあるのかもしれぬな」

「ほかにも？」

「うむ。遺体をあんなふうにしてしまうと、好都合なことがな」

「では、まだ調べを進めるので？」

と、雨傘屋は訊いた。

「うむ」

根岸は言葉を濁した。

じつは、寺社奉行の水野忠成から、

「町方はほかにやることがあろう」

と、釘を刺されていたのである。

「調べは行わないので？」

と、雨傘屋がさらに訊ねると、

「いや。調べる。ただし、隠密のうちにな」

そう低い声で言ったのだった。

第三章　海坊主が来た

一

土久呂凶四郎は、このところ体調が思わしくない。なんとなくけだるくて、頭もぼんやりしている。ぼろぼろの、昼間の吊り提灯になった気分である。

そのわけは、はっきりしている。三陸屋の件があってから、昼間動くことが多くて、どうしても寝不足になっているのだ。

夜回りの仕事が定着していた。そこへ、朝早くにあのできごとに出遭ってしまった。最初に自分が見つけたのに、担当しないというわけにはいかない。

もちろん、あれだけのできごとだから、凶四郎が一人で動いているわけではない。椀田豪蔵も宮尾玄四郎も担当ということになっている。が、凶四郎だけ夜動くというわけにはいかないのである。

かくして今日も、まだ昼八つ（午後二時）だというのに、浅草橋近くの三陸屋にやって来ている。

「よう」

店の前にいた岡っ引きの源次に手を上げた。源次は、あの日の夕方になっていたが、蔵のなかの惨劇も見ているし、起きたこともすべて伝えてある。

「大丈夫ですか、旦那。お顔の色が冴えませんが」

源次は心配そうに訊いた。

「ああ。どうもお天道さまが眩しくていけねえ。肌なんか、ちりちり言ってるような気がするぜ」

「そりゃあ、いけませんね」

「あんたは、大丈夫かい？」

「あっしはもともと昼間動く人間でしたので」

「そうだったな」

凶四郎が十手《じって》を与え、夜回りに付き合わせているのだ。それについては、済まないという気持ちはある。

「とりあえず、なかに入るか」

「ええ」

三陸屋は、あれからずっと店を閉じている。

遺体はすべて、埋葬を終えた。なんとか誰なのかを特定できた遺体は、それぞれの菩提寺に納めたが、誰かわからなかった遺体は、裏の常信寺に安置してある。その数は七人。旦那の壱右衛門《いちえもん》と、若旦那の清蔵もそこに入っている。

あのとき手代の耕作の遺体があった土間を通り過ぎた。「がしゃどくろ」の血文字は、まだ残っている。入ったのは、奥の蔵に近い一室である。ここを調べのための控えの間のようにしてもらっている。調べはつづけるが、あまり目立った動きはしないようにと、根岸から言われたのだ。とりあえずあの件は、評定所では落着したことになっているらしい。

蔵には、雨傘屋がいて、今日もなにやら詳しい探索を行っていた。

「雨傘屋、大変だな」

凶四郎は声をかけた。

「あ、いえ」

雨傘屋は、照れ臭そうに笑った。この男は、充分、変人の類いに属するのだろうが、どこか憎めない。

「しめ親分は今日も来ないのかい？」

凶四郎は笑いながら訊いた。あの図々しそうなおばちゃんがいないと、なんだか物足りない気がしてくる。

「はい。血の臭いが完全に抜けるまでは勘弁してくれと言ってまして」

「さすがのしめさんも、血の臭いは駄目か。だが、完全に抜けるまではまだまだかかるだろう」

「そうですね」

なにせ、十二人分の血が、たっぷり沁み込んでいるのだ。

しめもさぞかしじれったいだろうが、あの、血と肉塊《にくかい》の地獄絵図みたいな光景は、よほど衝撃だったみたいである。凶四郎でさえ、頭から離れない。

「そうそう。お奉行から聞いてるぜ。鯨の解体に使う道具のことは。よくぞ見破ったと、おいらも感心したぜ」

「ありがとうございます」

「その後、なにか、わかったことはあるかい?」

「ええ、二つほど、見当がついたことがあります」

「ほう」

「まず、一つ目ですが、旦那たちが最初にこの蔵の前に来たとき、なかでがしゃがしゃという音が聞こえたそうですね」

「ああ、聞こえた」

骸骨同士が踊りでもおどっているような音だった。

「ここに、ホタテやハマグリの貝殻がいっぱい散らばっていたんです。あのときは、血の海で気がつかなかったでしょうが、乾いた貝殻を、こんなふうに網目の袋に入れまして、こう振ったとしますよ」

それはすでに用意してあったが、雨傘屋が持ち上げて大きく振ってみせた。

がしゃ、がしゃ、がしゃ、がしゃ。

と、乾いた音がした。

「それだ」

凶四郎は言った。

「やっぱり。これだったら、紐を通し、高窓の外からでもやれます。紐は最初から輪っかのようにつくっておけば、切ったあと引っ張ると、貝殻だけが下に落ち、紐と袋は回収できてしまいます」

雨傘屋はそれもやってみせた。

「凄いな、あんた」

凶四郎は感心した。さすがにお奉行が高く買っている男である。

「でも、これだけじゃ、餓舎髑髏が立てた音じゃないとは言い切れません。次に、蔵の窓の鉄格子ですが、あれは簡単に曲げられますね」

「本当か」

と、凶四郎は部屋から土間に下り、蔵を見に行った。

蔵のなかは二階建ての家くらいの高さがあり、中二階もつくられている。窓は天井近くにあり、大きく曲がった鉄格子は、いまもそのままになっている。

「あれが簡単に？」

「ええ。ちっと長い鉄の棒さえ使えばいいだけです。梃子の要領でね。そうやったらしい跡も残ってますよ」

「これで、餓舎髑髏がやったんじゃねえってことは明らかだな」

「ですが、餓舎髑髏もやれたかもしれないので、この二つだけでは」

「なるほどな」

と、凶四郎は苦笑した。雨傘屋は、ふわふわした見かけのわりには、なかなか慎重な性格をしているらしい。

「さてと……」

凶四郎は、部屋にもどった。

今日は、民平《たみへい》という手代の話を聞くことになっている。民平はこの近くの、三陸屋で働く者たちの長屋から通っていたため、あの奇禍《きか》は免れたのだった。

「遅いですね」

と、源次が言ったとき、

「すみません。お待たせしました」

少し息を切らして、その民平が入って来た。

昼八つの約束だった。店の者たちはいま、もう一つ、神田川沿いにある蔵のほうで、細々とお得意さま相手の商売をしているのだ。

「ああ。忙しいところをすまねえな。いろいろ話を聞かせてもらいたいんだ」

「はい」

民平は、あのおぞましい遺体の群れを見ていないので、はっきりした話が訊けそうである。遺体を見てしまった番頭たちは、いまだに気が動転していて、まともな話ができずにいる。一番番頭などは、あれから寝付いてしまっていた。

「おれたちはまだ、何も決めつけちゃいねえんだ。押し込みの線も、恨みの線も捨てちゃいねえ。じつは、三陸屋に、深い恨みを持っていたってやつは、思い浮かばねえかい？」

と、凶四郎は訊いた。

「それなんですが、あっしもいろいろ考えてみたんですが、一つ、思い浮かんだことがあります」

「ほう」

「あっしが、ここに入る前のことなんですが、店はもともとこの真向いにあったんですが、やはり海産物問屋をしていたこの店を買い取ったらしいんですよ」

「ほう」

「買い取った側はいいですが、買い取られたほうというのは、妬《ねた》みや嫉《そね》みもあれば、それが恨みにもなることはあるんじゃないかって思いましてね」

「なるほど。その店はつぶれたのかい？」

「いやあ、確か、この先の浅草瓦町《かわらまち》で細々と店をやっていると聞きましたよ。確か、〈海原屋《うなばらや》〉といいました」

「それはいい話を聞いた。調べておくよ」

凶四郎がそう言うと、源次はうなずいて、手帖に店の名などを記した。

「あとはなんか気になったことはないかい？　なんでもいいんだ。調べるのはおいらたちがやるんでな」

「そういえば、若旦那が旦那に妙なことを言ってたのを思い出しました」

「妙なこと？」

「海坊主《うみぼうず》が来ましたって」

「海坊主が来ました？」

凶四郎の首筋にぞくぞくするような感覚が走った。

「あ。もしかして、それが本当に来たんでしょうか？」

と、手代は怯えた顔をした。

「それは聞き捨てならねえな」

「いや、やっぱり違いますよ」

「いや、詳しく話してみてくれ。そう言われると、旦那はどうしたんだ？」

「はい、わかったよって」

「嬉しそうにか？」

「いいえ、ちょっと眉をひそめたり、苦笑することもありました」

「苦笑かあ。誰か、客を指して言ってたんじゃねえのか？」

「あたしも最初は、そう思ったんです」

「海坊主みたいなやつはいるぜ」

「うちの客にはあまり見かけませんね。それに、別にお客がいないときも言っていたんですよ」

「ふうん。だったら、店の符牒《ふちょう》じゃねえのか？　商売にはいろいろあるだろうが。海坊主なんて、海産物問屋にはありそうだぜ」

「いえ、海坊主なんて符牒はありません」

「若旦那は、どういう調子で話したんだ？　危険を報せるみたいなものか？」

「いやあ、あまり切迫した感じはなかったです。ごく何気ない調子で、海坊主が来ましたよって」

「それは、旦那のほうが言うときもあったのか？」

「いえ。旦那は言いません。若旦那のほうだけでした」

「ふうむ」

よくわからない状況だが、大いに気になる話である。

「まあ、いいや。忙しいところを悪かったな」

そう言って、手代の民平を仕事にもどらせると、源次が、

「旦那。瓦町ってのはすぐそこですから、海原屋のことを探ってきますよ」

「そうだな。頼む」

源次も出て行った。

二

凶四郎は次に、二番番頭の升蔵《ますぞう》を呼んで、話を訊いてみた。

この男は、凶四郎が最初に出会った三陸屋の人間で、手代の耕作の遺体も、蔵のなかの十二人の遺体も、すべて見てしまった。いまだに飯が喉を通らず、どうにか甘酒とそうめんだけで飢えを満たしているという。確かに、初めて会ってからまだ十日ほどしか経っていないが、げっそり痩せてしまっている。

「どうだい、身体の具合は？」

「ええ。なんとか仕事はこなしているんですが、夜になると思い出してしまっていけませんね」

「そりゃそうだ。ま、下手人を捕まえれば、あんたもちっとは気が休まるはずだよ」

「下手人？　餓舎髑髏じゃないので？　餓《う》えた舎《しゃ》って書くらしいですね」

升蔵は気味悪そうに訊いた。

「餓舎髑髏のことは誰に聞いたんだ？」

「常信寺のご住職がそう言っていると、女房から聞きました。うちの女房の実家は、あそこに墓があるので、女房は出入りしているんです」

「なるほどな」

どうしても洩れてしまうらしい。

「餓舎髑髏だったら、そいつを捕まえるさ」

凶四郎がそう言うと、

「はあ」

と、期待を感じさせない返事をした。

「ところで、三陸屋は誰かの恨みを買ってなかったかというので、この店の前の持ち主は、もしかしたら恨んでいるのではという話を聞いたんだがな」

源次が探ってくるだろうが、いちおう訊いてみた。

「ああ、それはあたしがまだ手代だったころで、旦那と前の一番番頭さんが相談して決めたことで、あたしはよくわかりません」

「なるほど。それと、ときどき、若旦那が旦那に『海坊主が来ました』と言ってたらしいんだよ」

「あ、言ってましたね」

「どういう意味なんだ？」

「それがわからないんです。あたしは、旦那にも若旦那にも訊いてみたんですが」

「訊いたのかい」

「ええ。何も言いませんでした。『こっちの話だ』って。確かに、いま思うと、気になる話ですよね。まさか、あのとき来たのは、餓舎髑髏じゃなくて、海坊主だった？」

「そうかもな」

「ひぇえ」

二番番頭の升蔵は泣きそうな顔をした。この番頭は、歳は四十半ばくらいだろうが、いかにも律儀そうでいて、しぐさや表情に子どもっぽいところがある。

「旦那ってのは、どんな人だったんだ？」

「商売は遣り手でしたが、いい人でしたよ。あたしたちや手代にもよくしてくれましたし、たぶん給金なども、ほかよりよかったと思います」

「誰かに恨みは？」

「それはないと思います。旦那は、あくどい商売は嫌ってました。そういうのは長つづきしないとも言ってましたし」

「若旦那のほうは、どんな人だった？」

「若旦那は、見た目がいい男でしたよ。色こそ黒かったですが、顔の彫りが深くてね。まつ毛なんか女みたいに長かったりして」

「見た目かよ。人柄は？」

凶四郎が訊ねると、升蔵は困ったような顔で、

「ううん、調子がいいというか、如才ないというか」

「商売も遣り手だったのか？」

「商売となると、旦那にはぜんぜん勝てなかったでしょう。旦那はいろんなところに目が行って、それを商売に結びつけるのがうまかったんです。若旦那はそういう感じじゃなかったですね」

「お前たちにはどうだった？」

「ふつうに接してくれてましたよ」

「いい人だったか？」

升蔵は少し間を置いて、

「いい人と言いますか……表向きはにこやかで愛想もよかったですが、心の奥はどうだったですかね。亡くなった方の悪口は言いたくありませんが、裏の顔はあったんじゃないかと思います」

「裏の顔？」

「いや、それは、ちょっと」

升蔵は言いにくそうに俯《うつむ》いた。

「ちょっとじゃねえんだ。あのひどい殺戮の真相を明らかにしなくちゃならねえんだ。あんなにされた連中のことを思え」

凶四郎は叱った。

「すみません。若旦那は、女に見境ないところがありましてね。お得意さまだろうが、近所の娘だろうが、手を出してしまってたみたいで、じつは手代たちとも、しまいには、女に刺されるだろうって噂をしてたくらいなんです。それが化け物に食われる羽目になるとは……」

升蔵は、またあのときの光景を思い出したらしく、吐きそうにしたので、話は切り上げることにした。

升蔵がいなくなってしばらくして、源次がもどって来た。なんだか、釣りに行って、捨て猫を拾ってきたような顔をしている。

「よう、どうだった？」

「海原屋は、恨んでなんかいませんね。旦那はもう七十半ばで、干しワカメを主に細々と商売をしてますが、この店はむしろ自分が頼んで買ってもらったんだそうです」

と、源次は言った。

「そうなのか」

「海原屋も、一時期はずいぶん羽振りもよかったみたいですが、跡継ぎは早死にしたりして、商売をやる気力も失せたんだそうです。あそこは、言い値で買ってもらえたので、いまも食うのには困っていないと、むしろ三陸屋に感謝してましたよ」

「今度の奇禍については知ってたかい？」

「ええ。もちろん、知ってました。あそこは番屋も近いし、お隣もお旗本で、押し込みなんか入らねえと。旦那も恨みを買うような人じゃねえから、化け物のしわざに違いねえと言ってました。だいたい、柳原土手のあたりは、昔はよく河童《かっぱ》だの、かわうそだのが出たんだそうです。海坊主は？　って訊いたら、海坊主も出たと言ってました」

「なるほど」

「餓舎髑髏か、海坊主かってところですかね？」

源次は、いくぶん化け物説に傾いたらしい。

三

「じつは、海坊主って綽名《あだな》の男が、両国にいるんだ」

と、凶四郎は言った。

「へえ。やくざですか？」

「やくざというよりは、バクチ打ちかな。でかい図体はしてるが、斬ったはったは嫌いみたいな」

「そういうやつもいますね」

「だが、しょせんは、まともな世界のやつじゃあねえ。悪党たちとつながっていねえとは限らねえ。まさか、あいつがここに面《つら》を出してたってことはねえよな」

「でも、気になりますね。両国からここはすぐですからね」

「いちおう確かめておくか」

凶四郎と源次は、両国広小路に向かった。見せ物小屋や、屋台の店で賑わうあたりから裏に入ったところである。急に、光が弱くなり、物騒な気配が漂い出す。目つきの悪いのがうろうろしていて、凶四郎たちにもドスを突き立てるような視線を向けてくる。

「今日はまた、一段と雰囲気が悪いな。源次、いちおう気をつけとけよ。町方にも突っかかって来る馬鹿もいるからな」

「わかりました」

と、源次は十手を握りしめた。

意外にこぎれいな二階建ての小屋があり、なかへ入った。一階は飲み屋になっていて、女将らしき女が、

「あら、土久呂の旦那」

と、笑みを見せた。町方の同心に向ける笑顔というよりは、好きだった幼なじみに向ける笑顔である。大年増だが、器量も悪くない。

「海坊主の大将はいるかい？」

「いますよ。どうぞ」

と、帳場の横の階段を指差した。

やたらときしぎし鳴る階段を上がりながら、

「ここは海坊主の剣吉《けんきち》の小屋なんだ」

と、凶四郎が教えた。

「小屋主ですか」

「ま、胴元でもあるわけだ」

「それでやくざじゃないのは凄いですね」

源次は感心した。

「あの外見のおかげだろうな」

凶四郎は小声で言った。

階段を上がると、すぐ広間になっていて、四、五人が丁半バクチにふけっている
らしかった。窓はあるが、筵が掛かっていて、昼間だというのに薄暗い。

いちばん奥にいた恐ろしい風貌の男が、

「これは土久呂の旦那」

と、声をかけてきた。まさに海坊主で、それ以外なら、「青い満月」くらいしか
つける綽名はないという風貌である。

「よお」

凶四郎は片手を上げた。

「最近は夜しか動かないって聞いてましたけどね」

「そうなんだが、いろいろあってな」

「世のなか、いろいろありますからね。そちらの親分は？」

源次のほうを顎でしゃくった。

「うん。源次っていうんだ。若いが、かなりのやり手だぜ」

凶四郎がそう言うと、

「お見知りおきを」

と、源次は軽く頭を下げた。

海坊主の剣吉がニヤリと笑って、

「それで今日は？」

と、訊いたとき、階下にいた女将が、

「あんた！　出入りだよ！」

大声で叫んだ。

「なんだと」

海坊主が立ち上がると同時に、男たちがドスをかざしながら、階段を駆け上がって来た。その数、五人。明らかにやくざ者である。

丁半バクチにふけっていた連中は、慌てて部屋の隅に逃げた。

「てめえ、おれたち一家から金を巻き上げやがって」

先頭の男が海坊主に向かって喚《わめ》いた。

「どこの一家もへったくれもあるか。バクチの神さまは、勝つ相手も負ける相手も選ばねえのさ」

海坊主が言い返す。

「ほざくな」

先頭のやくざが、ドスを構えて突進しようとする。

海坊主は、わきにあった足のついた将棋盤を持って構えた。

「おっと、喧嘩はいけねえな」

凶四郎が横から飛び出して、峰を返した刀で、やくざの足を払った。

「うわっ」

足を押さえて転げ回る。

「なんで町方がいるんだ?」

「さっき見かけたやつだ」

やっと、凶四郎がいるのに気づいたらしい。

「バクチ場の取り調べ中だったのさ。おめえらもついてねえな」

凶四郎はそう言いながら、もう一人のやくざのドスを、刀の峰で払って叩き落とした。

源次も動いている。

前へ出ようとしたやくざの腰を蹴り上げると、同時にその後ろにいたやくざの横っ面を十手で殴りつけた。やくざ相手の喧嘩は、凶四郎より慣れている。いったん腰を蹴られて倒れたやくざが、立ち上がろうとしたところを、さらに横蹴りを食らわせると、階段から転がり落ちて行った。

「おう、やるのか」

いちばん後ろにいたまだ十七、八の使い走りらしい若者に、源次が十手を構えて脅すと、

「すみません」

そう言って、ドスを下に放った。

そのときは、凶四郎が残りの二人の腕を叩いて、動けなくさせている。

「源次。こいつらを縛り付けてくれ」

「わかりました」

たちまち、後ろ手に縛りあげる。縄が足りない分は、こいつらの帯をほどいて、それを使った。階段から落ちたのは気絶したらしく、ぴくりとも動かない。あとで息を吹き返させてから縛ることにした。

「助かりました。お礼をしなくちゃいけねえ」

と、海坊主の剣吉が言った。

「その前に、おいらは訊きたいことがあったんだ。あんた、浅草橋を渡ったところにある三陸屋って海産物問屋に行ったことはあるかい？」

「旦那。あっしは浅草橋から向こうは縄張りが違うんで、あの橋は渡れねえんですよ」

剣吉は、照れ臭そうな顔で言った。

「そうなのか。それで要件は終わりだ」

「お礼はいいので？　命を救ってもらったんだ。たいがいのことならやりますぜ」

「そうか」

「どうぞ、遠慮なく」

「だったら、あんたに訊きてえことがある。おいらの知り合いが、バクチ好きの日本橋の旦那に千両負けたんだ。そのバクチに、解《げ》せないところがあってな」

「旦那の知り合いって、もしかして、よし乃姐さんですか」

「知ってたかい？」

「その話は聞きました。たぶん、いかさまですぜ」

と、剣吉は言った。

「やっぱり？」

「あの旦那、トウシロウの癖して、やりやがるんです。いいでしょう。今度、ゆっくり相談に乗りますよ」

「ありがとうよ」

とりあえず縛りあげた五人を、両国広小路の番屋へ連れて行くことにした。

四

日が暮れた。

源次は番屋に行ってしまった。ぶち込んだやくざたちを、しばらく脅してから解き放すことにしてある。源次は根は気持ちのやさしい若者だが、いざとなると、かなり睨みを利かせることができる。

凶四郎は、これからどうしようかと迷った。

しばらくは昼間動くことがつづきそうなので、今晩は早めに寝るようにはしたい。が、いくらなんでも早過ぎる。

――そうか。

今宵は、川柳の会をやっている。よし乃からも、たまには出るようにと言われている。

顔を出すことにした。

小網町《こあみちょう》の〈瀬戸屋《せとや》〉の隠居の家である。

「ご免」

と、なかに入ると、すでにおなじみの面子《メンツ》が揃っていた。凶四郎をこの会に誘ってくれた先輩同心で検死役の市川一岳《いちかわいちがく》もいるし、火消しの棟梁、町医者、駆け出しの絵師……、もちろんこの家のあるじである隠居は、いちばん奥に座っている。その隣で、

「あら」

師匠のよし乃が嬉しそうにした。直接、家を訪ねるときも、こんな顔はしない。五歳ほど若返って、でも分別臭くなった笑顔。

「土久呂さん。例の件で忙しいんだろ?」

火消しの棟梁が訊いた。

「例の件?」

チラリと市川一岳を見た。

市川はとぼけている。もちろん、三陸屋の遺体は検分している。どこまで皆に話したのか、それがわからないと迂闊なことは言えない。お奉行からも口止めされている。

「とぼけちゃいけねえ。三陸屋の件は、もう知らねえやつはいねえよ。ただ、皆、

言うことが違ってて、ほんとは何があったのか、さっぱりわからねえ。市川さんは、相変わらず口が堅いし」

棟梁は愚痴った。

「棟梁。おいらだって、わからねえんだよ」

凶四郎が真面目な顔で言うと、ほかの皆も、

「やっぱりそうなんだ」

「よほど奇妙なことが起きたんだろうな」

などと言い交わした。

そんな面子のようすを見て、

「そうだ。今日はお題を変更して、幽霊、もしくは化け物にしましょうか。そろそろ季節も近づいてるし」

と、よし乃は言った。

「そりゃあ、いい」

「幽霊川柳は面白いね」

皆も賛成し、さっそく句作に入った。

この家は、庭が広い。真ん中に百坪くらいの池がある。昼間はなかをのぞいたことはないが、コイやフナなどの魚だけでなく、カメや変な生きものまでいるらしい。

この周囲をゆっくり回りながら、頭をひねるのである。

——なんと楽しい時間なのか。

幽霊や化け物のことを考えても、それはちっとも怖くない。血生臭くもなければ、むごたらしくもない。愛嬌たっぷりの江戸の幽霊や化け物である。

——ここんとこ、ほんとに気が滅入っていたんだな。

と、凶四郎はつくづく思った。かつて、妻阿久里《あぐり》の遺体を見たときも衝撃だった。あれで夜、眠れない身体になってしまった。だが、三陸屋の遺体の山の衝撃は、また違った。なにか、別の世界に入り込んでしまったような衝撃だった。

しかし、いま、こうして句作を楽しめるというのは、まともな世界はちゃんとあって、あれは何かが腐ったような、異常なできごとだったのだ。

楽しい時間は、たちまち過ぎて、それぞれが発表するときが来た。

「今日はいいものがたくさん」

と、よし乃が微笑みながら言った。

よし乃に褒められた句を並べると、

七回忌お化けも休みがちになり
幽霊とどじょうがいそうな柳かな

待つよりも首長くして訊きに行く
化け物じゃねえと雷神大むくれ

凶四郎の句は、さほど褒められはしなかったが、出席した人たちをいちばん笑わせることができた。

海坊主毛があるころもあったのか

句会が終わり、隠居が用意してくれた素晴らしく凝った会席料理もいただいて、お開きとなった。名残り惜しいが仕方がない。よし乃が目配せでもしたそうな顔で、ちらりと凶四郎を見た。だが、今日の逢瀬《おうせ》は無理だろう。海坊主の話も伝えたい気持ちはあるが、ぬか喜びさせたら可哀そうである。

帰りぎわ、

「どこかで一杯やって行こう」

と、市川に誘われた。会席料理にも一本つけてあったのだが、あれではまったく飲み足りないという顔である。

「もう遅いけど、いいんですか？」

「ちょっとだけ付き合え」

世話になっている先輩である。断われない。

亥《い》の刻《こく》（夜十時）近い。すでに開いている店は少なく、魚河岸の屋台のような飲み屋に入った。まだ開けたばかりらしく、朝の早い漁師たちを相手にしているのだろう。

冷やの酒を、茶碗に注いでもらった。

それを一口飲んで、

「どうだ、調べのほうは？」

と、市川は訊いた。

「まだ、わかりませんね」

「おれは、あれを見ちまったら、やっぱり化け物の線はあるのかなと思ってるよ」

「………」

じつは、奉行所内部にもそう言う者は多い。人間なら、あそこまではやれないというのが、その根拠である。

「だが、お奉行がお前や椀田を動かしているということは、化け物だとは思ってないんだろうな」

「そうでしょうね」

「ま、どっちにしても、二度はないと思いたいぜ」

遺体など、数え切れないほど見てきた市川でも、あれは二度と見たくないのだ。

最初の一杯を飲み終え、二杯目を頼むと、

「ところで、お前、もしかして、師匠とできてる？」

と、市川は小声で訊いた。からかう感じではない。目が真剣である。

「なんで、そんなこと訊くんですか？」

「師匠のまなざしだよ。お前を見る目が違ってた」

「そうですかね。おいらは感じませんでしたが。そんなことはないですよ。そりゃあ、おいらでもいいと師匠が言うなら、拒みはしませんけどね」

凶四郎は、しらばくれた。

あの会に来ている者のほとんどは、師匠を女として見ているはずである。見ていないわけがない。だとしたら、会をつづけるためには、凶四郎との仲は秘密にしておいたほうがいい。

「ふうん。そうか、気のせいか」

市川も、確信はないらしい。

それからひとしきり、今日も自分の川柳が褒められなかったことの愚痴を聞かされ、凶四郎は、僭越ながら市川さんの句は、真面目過ぎるのだと慰めて、

「じゃあ、そろそろ」

と、切り上げることにした。これ以上、飲ませると、市川の役宅まで送らされ、甲高い声のご新造に嫌みを言われる羽目になる。

まだ早いが、なんとか寝る努力をしてみようと、凶四郎は奉行所に帰ることにした。

五

凶四郎が奉行所にもどったときは、子《ね》の刻《こく》（夜十二時）近くになっていた。

奉行所の裏手にある根岸の私邸。ここの別棟が、いまの凶四郎の宿舎になっている。といって、別にここに泊まらなければいけないというわけではないが、食事のことなど、いろいろ便利なのである。

腹をくちくしたほうが眠れるかと、晩飯の残りをあさるつもりで台所をのぞくと、その向こうの部屋で根岸がまだ起きていた。やはり夜食を摂り、考えごとでもしていたようすである。

「お奉行、大変ですね」

凶四郎は声をかけた。

「そなたこそ、昼間動かなければならないから大変だろう」

根岸は、いたわってくれた。

「じつは、手代から妙な話を聞き込みまして……」

と、明日の朝にでも伝えようと思っていた例の海坊主の話をすると、

「それは面白いな」

根岸の大きな耳がぴくぴくした。

「ええ。ただ、番頭や手代もその会話を聞いてはいるのですが、その意味は誰もわからないらしいのです」

「なるほど」

「でも、事件とは関係ないのかなと思えてきました」

「いやいや。わからんぞ。そういうところから、思いがけないものが見えてきたりするのだ。番頭にも訊いたのだな？」

「二番番頭には訊きました。一番番頭は、まだ寝付いてまして、いろいろ訊くのはまだ可哀そうかなと思いまして」

「そうか。では、一番番頭には、明日にでも、わしが訊きに行こう」

と、根岸は言った。さっきまで考えていたのは、やはり餓舎髑髏のことらしかった。

凶四郎が下がって行ったあと――。

根岸は床に入り、目をつむると、思い出したことがあった。

海坊主と出遭ったことである。

あれは、十二、三のころだった。遊び仲間三、四人と、鉄砲洲《てっぽうず》につないであった漁師の舟に乗り込み、沖に漕ぎ出したのだった。別に目的があったわけではない。単なる悪戯である。悪戯も仕事みたいなものだった。

ずいぶん沖に出たように覚えているが、じっさいはせいぜい佃島《つくだじま》の裏あたりまでだったろう。

月明かりにきらきらと輝く海面を眺めていると、すぐ近くを大きな黒い影が舟と並んで泳いでいるのを見つけたのである。ふわふわしたような、妙な泳ぎ方で、

「なんだ、あれは？」

と、根岸が指差した。

丸いのが頭で、胴も手足もある。ただ、その手足はやけに長かった。

「タコだろう」

仲間が震える声で言った。

「タコか」

根岸もそれで納得したかった。だが、その黒い影は、突如、頭を海面から持ち上

げ、こっちを見て、ニタリと笑ったのである。

「うわっ」

根岸たちは仰天して、岸まで逃げ帰ったのだ。

その話をほかの友人にすると、皆、タコだと口をそろえて言うが、あんなに大きなタコはいるはずがないし、タコが笑うもんかと反論したものだった。

同じころに、〈小豆洗《あずきあら》い〉という妖怪とも出遭っている。

新大橋《しんおおはし》の下流の中洲《なかす》で、やはり仲間四、五人と夜釣りをしていたときだった。

ふと、どこかから、

「ざざざざざ……」

という、小豆を洗う音が聞こえてきたのである。

少年たちのあいだでは、小豆洗いという妖怪がいるという話は出回っていた。ただ、小豆洗いは、河童のように水のなかに引きずり込むといった悪さはしないらしい。出現するだけ。

それを聞いていたので、根岸は、つい、音のするほうに行ってみた。

すると、小豆洗いは、本当にいたのである。

ガニ股の年寄りで、顔は月明かりに照らされてもぼんやりとしか見えず、ただ目ばかりぎょろぎょろと光っていた。

「なんだい、お坊ちゃん」

小豆洗いは、やさしい声で言った。むしろ怒ったなら、なんだこの野郎と、反骨心や闘争心も湧いただろう。やさしい声は、首筋を舐められたみたいに感じた。全身が総毛立《そうけだ》った。

「うわあ」

根岸は、慌てて仲間のほうに逃げ、根岸が逃げて来たものだから、仲間たちもいっせいに逃亡を開始したのだった。

根岸は当時を思い出して微笑んだ。

いまとなると、おそらく海坊主はかかしでも流されてきたのだろうし、小豆洗いは年老いた漁師が、しじみでも採っていたのだと思われる。

あのころは本気で怖がっていたのか。いや、半分くらいは、遊びで怖がっていたのではないか。

——いまは、どうだ？

幽霊も化け物も信じていない。そのかわり、この世には、もっと得体の知れないものがあることは、信じている。

「みゃあ」

と、根岸の足元で寝ていた黒猫のお鈴が、急にぐるぐる回り始めた。

——もしかして……。

と、思ったとき、すでにたかは部屋のなかにいた。亡妻のたか。亡くなって、もう十年以上になる。

たかは、根岸が脱ぎ棄てたままにしていた着物を畳んでいた。

「なあ、おたか。あんた、海坊主って知ってるかい？」

と、根岸は声をかけた。

「なんですか、それは？」

「海にいる坊主の化け物なんだけどさ」

「ああ、やだ、怖い」

たかは首をすくめた。

「なあに、怖くなんかない。大丈夫だ」

そう言って目を閉じると、たかがそばにいる安心感からか、根岸はすぐに眠りに落ちていった。

六

翌日——。

根岸は、まだ眠そうにしている凶四郎と、宮尾玄四郎を連れて、一番番頭の家に向かうことにした。その前に、三陸屋に寄ると、源次や雨傘屋だけでなく、しめもいた。

「お、しめさん。ようやく親分の登場かい？」

と、根岸はからかうように言った。

「ちょっとずつでも臭いに慣れないと、いつまで経っても、お奉行さまのお役に立てませんしね。でも、まだ調子が出ません」

しめは、蔵から遠いところに座ったままで言った。いつもの、図々しそうな表情は影をひそめ、なんだかふつうのおばさんに見える。

手代を呼んで訊くと、一番番頭は、店から一町（約一〇九メートル）ほど離れた柳橋近くの、こぢんまりした一軒家に住んでいるという。

手代に案内されて、その家を訪ねた。

南町奉行が来たというので、

「なんと、お奉行さまがわざわざ」

慌てて起きようとしたが、

「いいよ、いいよ。寝ててかまわねえよ。わしの問いに答えてくれたらいいんだ」

根岸はざっくばらんな口調で言った。

「ええ。わたしにわかることでしたら」

さすがに蒲団の上に起き直って言った。身体の具合が悪いというより、衝撃で動く気力がなくなっていたらしい。髪が真っ白なので、凶四郎は七十は過ぎていると思っていたが、手代に訊いたら、まだ六十八とのことだった。腰が曲がっているように見えるのは、少し前に足を怪我したせいだという。

「三陸屋というのは、代々の商売なのかい？」

と、根岸は訊いた。

「代々、海産物の商売はしていたのですが、ここまで大きくしたのは、あるじの壱右衛門さまです。壱右衛門さまは、養子でしてね」

「そうなのか」

「店に入ると、どんどん商いの幅を広げ、お客を増やして、ここまでにしたのです。先代のときは、向かいっ方に店があって、そこは間口も三間（約五・五メートル）ほどの店でした」

いまは、十四、五間（約二五・五〜二七・三メートル）ほどあるから、間口だけでも四倍から五倍にしたわけである。

海原屋の件は、道々、凶四郎から説明を受けていた。

「壱右衛門は、どこから養子に来たんだい？」

「女将さんが見初めたんですよ。誰かの紹介とかいうのじゃありません」

「ほう。元は何してたんだ？」

「深川の漁師だったみたいです」

「漁師か？」

漁師上がりで、あれほどの大店にしたのはたいしたものである。

「それで、干《ほ》し鮑《あわび》をまとめて買ってくれないかと売り込みに来ていたとき、いまの女将さんに見初められたと聞いています」

「先代は喜んで迎えたのかね？」

「どうなんでしょう。あたしはそのころ、先代の店の手代でしたので、詳しいなりゆきなどは聞かされていませんでしたので」

一番番頭は、首をかしげた。

「なるほどな。それで、そこからは商いは順風満帆といったところか。いまは、どうなんだ？　うまく行ってたのか？」

「そうですね。旦那も六十五になってましたのでね。以前のようにこまめに駆け回ることはしてませんが、若旦那の清蔵さんも如才ないお人でしたので、まず商売の心配というのはありませんでした」

「清蔵はいくつだった？」

根岸はさらに訊いた。

「三十になってましたか」

「おやじとは、けっこう歳が離れているのだな」

「じつは、若旦那も養子でして」

「そうなのか。若旦那は、なにをしてたんだ？」

「うちと取り引きのある麴町《こうじまち》の乾物屋の手代でしたよ。店に来ているとき、お嬢さんと知り合ったんでしょうね。ただ、旦那のときと違って、清蔵さんのほうがお嬢さんをうまく口説き落としたみたいですよ」

「ほう。それで、旦那はすんなり許したのか？」

「いいえ。物凄く怒りました。あんな、へなちょこみたいな野郎に、うちの後継ぎがつとまるかって」

「だが、結局は許したわけだ？」

「そうですね。そこらは、どういうわけで折れたのか、あたしにもよくわかりません」

「だが、婿に入ってからは、うまく行ってたのか？」

「さっきも言いましたが、あの若旦那はなかなか如才ないんですよ」

「なるほどな。それで、手代たちに聞いたらしいんだが、若旦那はときどき、海坊主が来ましたと、言っていたらしいんだよ」

いよいよ核心の問いである。

一番番頭は、それは自分も思い出していたというように、

「そうなんです。言っていたんです」

と、深くうなずいた。

「どういう意味なんだ？」

「あたしもわからないんです。訊いたけど、教えてくれませんでした」

「あんたにも教えなかったか」

と、根岸は言った。

ということは、やはり商売の符牒ではないのだ。

「お奉行さま。海坊主というのは化け物ですよね？」

一番番頭は、眉をひそめながら訊いた。

「そうだよな」

と、根岸はうなずいた。

「だもんで、今度のは、いよいよあの、旦那たちが話していた海坊主が来たのかと思ったりしていたんです。海坊主みたいな化け物じゃなきゃ、ああいうことはやれませんでしょう」

根岸は、それにはなにも答えなかった。

七

根岸は、浅草橋のたもとで、猪牙舟《ちょきぶね》を拾った。乗り込んだのは、根岸、凶四郎、宮尾、そして源次である。

「お奉行。どちらに？」

凶四郎は訊いた。

「うむ。海のことなら、なんでも知ってるやつに訊きに行く」

「あ、五郎蔵《ごろぞう》さんですか？」

「ああ。あいつは、わしの知らないことを選んで知っていたりするんだ」

と、根岸は笑いながらうなずいた。かつての喧嘩仲間であり、盟友でもある。

舟は大川を下り、鉄砲洲の河岸で着岸した。

五郎蔵の家は、通りからちょっと入ったところにある。若い船頭たちがうろうろしていて、根岸を見ると、皆、頭を下げた。

五郎蔵は帳簿を持って、家の前に立っていた。江戸の舟運業《しゅううんぎょう》の大立者《おおだてもの》といった貫禄がにじみ出ている。この人が気分を悪くすると、江戸の食料の五分の一が足りなくなるなどと言われる。

「おう、根岸」

と、五郎蔵が手を上げた。

「すまんな、急に。今日は手土産もなしだ」

「そんなこと、気にするな。それより、久しぶりだ」

「ああ。腹が減った。なんか食わせてくれ。お前たちも腹が減ってるだろう」

と、凶四郎たちを見て、

「こいつらの分も頼む」

すでに昼九つ（正午）を半刻（一時間）ほど回っている。凶四郎などは、朝飯もまだだった。

五郎蔵はうなずき、近くにいた若い衆に、

「そこらに揚がった魚で刺身をつくってやってくれ。それと、飯もな。なあに、冷や飯でかまわねえよ」

と、声をかけた。

土間つづきの板の間に上がり、大きな囲炉裏を囲んで座った。

雑談のうちに飯が出され、五郎蔵もいっしょに食いながら、

「どうした？」

と、根岸に訊いた。

「うん。あんたに訊きたいことがあってな」

「なんだ？」

「海坊主ってのは知ってるか？」

「化け物の？」

「そうだよな。海坊主といえば、海に出る化け物のことだよな」

と、根岸はうなずき、

「あんた、見たことはあるかい？」

「おれはねえな」

五郎蔵は首を横に振った。

「わしはあるぞ。十二、三のころだ。そっちの海で泳いでいた」

「光るんだろう？　それで、なんかぬるぬるしてるんだろう？　だが、海坊主に襲われたという話は聞かねえぜ。あれは、脅すだけなんじゃねえのか」

「だよな」

「ははあ、あれか？」

と、五郎蔵は手を打った。

「あれ？」

「噂で聞いたよ。浅草橋に近い海産物問屋で、なにやらずいぶん殺されたんだろう？　化け物が出たと、いろんなやつが言ってるよ。まさか、それが海坊主のしわざだとでも言うのかよ。おいおい、根岸、大丈夫か？」

五郎蔵は苦笑した。

「わしはそんなことは言わぬさ。ただ、三陸屋の筋で、海坊主という言葉が出てきてな。わしは化け物の海坊主のほかは知らないから、もしかしたら、あんたなら知ってるんじゃないかと思ったのさ。海のことなら、ヤドカリの言葉だって知っている五郎蔵さんだからな」

根岸がそう言うと、

「そりゃあ、知ってるさ」

と、五郎蔵はにんまりした。

「ほんとに知ってるのか」

「ああ。いま、連れてってやる」

五郎蔵はそう言って、残っていた飯に汁をぶっかけてすすり込んだ。

皆も、慌てて、五郎蔵の真似をした。

食い終えて、皆、五郎蔵といっしょに外に出ると、河岸の上に並んだ。

「ほら、根岸、あそこの小舟に石が乗ってるだろう」

五郎蔵が指差した。漁に使う小舟である。猪牙舟みたいに先は尖っておらず、全体に平たくて、風雨にさらされた感じがある。

「ああ、あるな」

「あれはなんだ？」

「錨《いかり》だろう。錨のかわりにしてるんだ」

「そう。それで、深川あたりじゃな……」

と、周りを見回し、

「おい、為吉《ためきち》。おめえは、確か深川の漁師上がりだよな？」

近くにいた若い衆に声をかけた。

「ええ。そうですが」

「その、舟のなかの石をなんて呼ぶ？」

「海坊主ですか？」

若い衆が答えると、根岸たちは、

「ああ」

と、大きくうなずいた。

「どうだ。あれも海坊主なんだ」

「ふうむ」

と、根岸は唸り、パッと顔を輝かせると、

「なるほど」

手を叩き、

「わかったぞ。錨か。それは、気持ちのほうの怒りだ。海坊主が来ましたは、誰かが怒ってますよ、という暗号になっていたんだ」

「ということは、どういう話になるので？」

凶四郎が訊いた。

「それもなんとなくわかった。一番番頭のところで確かめよう。だが、土久呂。そなたは、麴町の乾物屋で手代をしてたという清蔵について、詳しい話を聞いてきてくれ」

「わかりました」

ここで、根岸と凶四郎は行動を別にした。

八

根岸は再び、一番番頭のところへやって来た。三陸屋に立ち寄ったので、供は、宮尾玄四郎のほか中間が二人いる。しめは、今日はもう駄目と、退散したらしい。

「何度もすまんな」

根岸は詫びた。

「いいえ。先ほど根岸さまとお話しさせてもらったら、ちっと力が回復したみたいで、いま、起き出していたところです」

確かに、同じ部屋だが、蒲団が片づけられていた。

「そりゃあ、よかった。ところで、三陸屋はつぶさないんだろう？」

別の蔵で商売をつづけていることは、根岸も聞いている。

「そのつもりです。なんとか一人だけ生き残った妹のおかよさまが、婿を取って、新しい旦那ができるまで、頑張ろうと思っているのですが……」

一番番頭の表情が曇った。

「どうした？」

「おかよさまは、そういうことにはあんまり……」

「なるほどな」

いろんな事情がある。

「それで、新たな話を聞き込んだものでな。なんでも、深川の漁師は、丸い石に綱を縛りつけて、それを錨のかわりにしているらしいんだ。石だったら、ほとんどタダでつくれるからな」

「ああ、見たことがあります」

「それで、その石に海藻なんかくっついたりして、ぬるぬるしてきたりするからだろうが、それを海坊主と呼ぶんだそうだ」

「海坊主！　では、若旦那もそのことを？」

「いやいや、そうじゃなくて、錨のかわりにしてただろう。だから、怒り、つまり怒ってますよ、という合図だったんじゃないかと思うのさ」

「そっちの怒りですか。ははあ」

言葉の意味はわかったが、一番番頭はまだピンときていない。

「それで、訊きたいんだが、旦那の女遊びはどうだった？」

と、根岸は訊いた。

「ええ、まあ」

一番番頭は苦笑した。

「ひどかったのか？」

「ひどいというほどではありませんが、なにせここから吉原《よしわら》までは、歩いたってそう遠くはありませんから」

「なるほど。なじみの花魁《おいらん》なんかも？」

「いたんじゃないかと思います」

「朝帰りなんかもあったんだ？」

「ありました」

「なるほど。若旦那のほうはどうだ？」

「若旦那はまだ、勝手に金を使わせてはもらってませんでしたので」

「だろうな。それで、女将さんはヤキモチを焼いたりはしてなかったかい？」

「ヤキモチは焼いていたと思います。旦那も以前のようにやさしくはないし、女将さんも昔のような美貌は衰えてましたし、それはご自分でもわかってたんじゃないでしょうか」

なまじ美人ほど、歳から来る衰えは応《こた》えるのだろう。男から以前のようにはやさしくされないことにも、寂しさをつのらせるはずである。

「そういうときは、泣き喚いたりするのかい？」

「それはないです。でも、身内には当たり散らしてたみたいです」

「じゃあ、それを言ってたんだな。旦那が吉原で遊んで、そっと帰って来る。いちおう、言い訳みたいなものは用意してても、女将には察知されてしまう。それで、ばれて怒っていますよというのを、清蔵はそのまま言うのではなく、『海坊主が来ましたよ』と言っていたわけだな」

「なるほど！　はいはい、そう言われると、いろいろ思い当たります。それに間違いありません」

一番番頭は納得し、さらに、

「では、あのできごととは、あまり関わりはなかったわけですね」

と、いささか落胆の顔になった。

「直接はな。だが、意外なことがわかるかもしれぬのさ」

根岸は、凶四郎が何か摑んでくるのではないかと期待しているのだ。

若旦那は、どういう男だったのか。そこから何か糸口が見つかるかもしれない。

「そうなんですか。じつは、根岸さまと話すうちに、ほかのことも思い出しまして。もしかして、あれが海坊主と関係あるのかと思ったりしていたんです」

と、一番番頭が言った。

「なんだ？」

「いまの店というのは、やはり海産物問屋だった海原屋という店を買い取り、さらに間口を広げたのですが、その買い取った当時は、氷室《ひむろ》というものがあって、海原屋では魚や貝を凍らせておくのに使っていたんです」

「氷室をな」

その存在は根岸も知っている。千代田の城にもあるし、神田明神前のいくつかの店でそれをいまも使っているはずである。けっして多くはないが、江戸市中にはあちこちに点在している。

「その氷室はいまも残っているはずで、すっかり忘れていました」

「見てみたいな」

「ご案内します」

「大丈夫か」

「ええ。さっき、飯も二杯食べましたし」

遠くはないので、案内させることにした。

三陸屋に入り、土間の通路を進み、蔵の見えるあたりで立ち止まった。

「ここです」

半間（約九一センチ）四方ほどの木製の蓋があり、これを持ち上げると、階段が見えた。下から冷たい風が吹き上がって来る。

「まだ、氷があるのか？」

と、根岸は訊いた。

「いいえ。もう、何十年も使っていませんから。生の魚などは扱ってなかったので、わざわざ凍らせる必要はありませんでしたので」

「もともと涼しいわけだな」

ろうそくなど、入る支度をしていると、蔵から雨傘屋もやって来て、

「お奉行さま。これは氷室ですね」

と、興味も露わに言った。

「知っていたか？」

「ええ。あっしは昔から欲しかったんですが」

「ならば、いっしょに入ろう」

先に番頭が下り、つづいて、根岸、宮尾、雨傘屋の順になった。

「ほう」

細長い部屋だが、十畳分ほどはあるだろう。意外に大きく、壁なども石組で、しっかりした造りである。

「御前、この臭い」

鼻を鳴らしながら、宮尾が言った。

「どうした？」

「手代の耕作を見つけたときに嗅いだ臭いです」

「ほう。わしはこの臭いを、高瀬の家でも嗅いだな」

「そうでしたか」

奥に行くと、梯子が立てかけてある。

「こっちにも出口があるな」

と、根岸は天井を見上げて言った。うっすらと、四角い筋が見えている。

「それは忘れておりました」

一番番頭が言った。

「どこに出るのかな。宮尾、確かめてくれ」

「はい」

宮尾が梯子を上り、蓋らしきものを持ち上げようとするが、

「重いですね。こっちは石造りの蓋になってますよ」

「うむ。気をつけてな」

宮尾はゆっくり石の蓋をずらし、半分ほど開けてから、顔を出した。

「へえ。驚きですね」

宮尾は感心している。

「どうした？」

「ここは墓地です。墓の一部みたいになっています。裏の常信寺ですね」

「なんと」

根岸も驚いた。

宮尾は見つかるとまずいというふうに、急いで蓋を閉め、梯子を下りて、

「これが抜け道というか、逃げ道だったかもしれませんね」

「うむ。面白いのう」

根岸はニヤリとした。

九

そのころ――。

凶四郎は源次とともに麴町に来ている。

麴町は、半蔵御門から四ッ谷御門まで、武家屋敷のあいだに延びる町人地である。一丁目から十丁目まである細長い町でもある。

凶四郎と源次は、駆け足で通り沿いにある乾物屋を訪ねて歩き、三軒目の四丁目の乾物屋〈白石屋《しらいしや》〉が、以前、清蔵がいた店だとわかった。

「清蔵。はい、うちにおりました。あの野郎は、玉の輿に乗りましたからね。なんか、悪いことでもしましたか？」

乾物屋より仏壇屋のほうが似合いそうな、説教臭そうなあるじが訊いた。三陸屋の奇禍は、ここらではそれほど取り沙汰されてはいないらしい。

「いや、死んじまったよ」

「死んだ？　まさか、殺されたので？」

「聞いてねえかい。店の者が皆殺しにあった話」

「あ、あれは清蔵のところでしたか……」

あるじはしばらく口を開けたままになった。

「あんたのところは清蔵を取られて痛手はあったかい？」

「いや、まあ、それは特に」

「たいして仕事はできなかったんだ？」

「亡くなった人の悪口は言いたくありませんが、まあ、仕事のほうは、いてもいなくてもってところでしたね」

「如才ないところはあったと聞くがな」

「そうですけど、仕事に対するやる気がね」

「なかったんだ？」

「そうなんです。ただ、あの人はおなごには好かれましたからね」

「やはり、そうか」

「おなごの客は増えました。といっても、うちは小間物屋じゃなく、乾物屋ですからね。多少おなごの客が増えても、たいして儲かりはしませんよ。でも、清蔵が三陸屋さんに養子に行くことになったとわかったら、ここらの娘で泣いたのは、まず片手じゃききませんよ」

「そうなのか。乾物屋にしては、もて過ぎたんだな」

「清蔵は、乾物屋には、なったばかりだったんですよ。それでさっさと玉の輿ですからね。運のいい野郎ですよ。いや、殺されちまったんだから、結局、運は悪かったってところですか」

　あるじは何度もうなずき、自分の言ったことに感心しているようだった。

「だったら清蔵は、ここに来る前は何してたんだ？」

「漁師ですよ」

「漁師だったの？」

「元は、深川の漁師の倅です。でも、いっときは房州のほうで鯨を獲ってたそうです」

「鯨！」

　凶四郎は思わず大声を上げた。

「鯨が何か？」

　あるじは驚いて訊いた。

「いや、いいんだ」

「それで、最初は向こうの旦那も、乾物屋の手代なんかに娘はやれねえと怒っていたんですが」

「そうらしいな」

「でも、漁師上がりで、しかも鯨まで獲ってたと聞いたら、それまで猛反対していたのが、ころりと変わったらしいですよ」

「そうだったのか。ほかに何か、気になることはなかったかい？」

「そうですねえ。女にはもてましたが、清蔵のことが大嫌いだという娘もいました」

「ほう」

「あの人、怖いって話してましたがね」

「ほう。それと、清蔵の親兄弟はいるんだろう？」

「どうでしょう。漁に出て皆、死んだみたいなことを言ってましたが。海には二度と出たくないとも語ってました」

「難破でもしたのか？」

「そうみたいです。清蔵だけが助かったのかもしれませんね」

と、あるじは言った。

あとは、気になる話を聞くことはできず、店を出た。

歩き出してすぐ、

「旦那。鯨獲りってえと、雨傘屋の話が気になりますね」

と、源次が言った。

「そうなんだよ」

「でも、若旦那は殺されちまってますしね。若旦那の筋で、恨みでも持っていたやつらがいたってことは？」

「それも考えられるよな」

凶四郎は、うなずいた。荒くれの漁師たちが、数人で乗り込めば、あれくらいのことはやれてしまうのか。だが、そうなると、隣の高瀬進右衛門の話はどうなるのか。まるっきりの嘘っ八なら、そんな話をする意味は何なのか。

謎はますます深まった気がする。

十

凶四郎と源次は、鯨獲りの話を雨傘屋と話してみようと、もう一度、三陸屋にもどって来た。

すると、店の前に瓦版屋の重吉がいた。

「これは、土久呂の旦那」

なにやら嬉しそうな顔をしている。

「おい、なにか摑んだみたいな顔してるな」

と、凶四郎は言った。

「ええ、まあ」

「教える約束だろ？」

「そんな約束はしてませんでしょう」

「そうだっけ。いい話を教えてくれたら、おいらも近々、お前にいい話を教えてやれるかもしれねえぜ」

これは、瓦版屋を逆に利用するときに、よくやる手口である。ちょっとだけ、事実を伝えてやればいいのだ。

「旦那もちょい見せがうまいからなあ。まあ、いいか。じつはですね、三陸屋の若旦那の清蔵ってのは、どうも若女将の妹で生き残ったおかよってのとできてたらしいんです」

「そうなのか」

見境がないというのは本当らしい。

「まあ、殺しとは直接、関係あるかどうかはわかりませんが、死んだ若旦那てえのは、かなり女癖が悪かったみたいですぜ」

「というより、もてたんだろう」

「いやあ、もてるのと女癖が悪いのは別でしょう」

それは重吉の言う通りである。

「それでおかよって妹なんですが、これが相当、おかしな娘でしてね」

「どんなふうに？」

「あっしもまだ摑み切れてなくて、うまく言えないんですが、とにかく、そこらの娘とは違うんです」

「いくつなんだ?」

「十六です」

「十六じゃ、おかしいと言っても、程度は知れてるだろうよ」

「とんでもねえ」

重吉は手をひらひらさせた。

これまで、一人生き残った妹のことなどまったく眼中になかった。迂闊といえば迂闊だが、てっきり衝撃で臥せっていて、何か訊くのも可哀そうな気がしていたのだ。

「近くの長屋にいるんだろう?」

「います」

「そういえば、あの晩、婿取りの話が出て、怒っただだの泣いただだのと言っていたな」

二番番頭がそう言っていたはずだが、遺体を見る前で、すっかり忘れていた。

「清蔵のことがあったからでしょうね」

「いまも臥せってるのか?」

「臥せってる？　とんでもねえ。ま、それなりに悲しんだとは聞いてますが、この数日はあちこち歩き回って、清蔵さんは生きてるんだなどとぬかしていますよ」

「生きてるだと……」

凶四郎は、源次と顔を見合わせた。

第四章　墓石が歩いた

一

土久呂凶四郎が三陸屋を調べている一方で――。

椀田豪蔵は、三陸屋と旗本高瀬進右衛門の屋敷の、両方の裏手にあたる常信寺を探りつづけている。

「餓舎髑髏という言葉は常信寺から出てきたらしい。わしも魑魅魍魎《ちみもうりよう》の話はいろいろ聞いたが、そんな怪《あや》かしは聞いたことがない。しかも、十数人が断食の途中で疫病にかかって死んだだと？　いつ、そんな疫病が流行《はや》った？　どうも解せぬ。椀田、ちと、探ってみてくれぬか。寺社方の水野さまのところが、うるさく言ってくるかもしれぬが、まあ、そこらはそなたの才覚で、うまくやってくれ」

根岸からは、そう言われている。

超弦山《ちようげんざん》常信寺。

禅宗の寺である。

調べ始めて、今日が四日目になる。

最初は、門前の団子屋で、この寺について大雑把なことを摑もうとした。ところが、ここのおやじときたら、団子を丸める以外、世のなかのことはもちろん、目の前の寺のことさえ、何の興味もないのだった。なんとか訊き出そうと、苦手な甘い団子を、三皿も食う羽目になった。

団子屋から訊き出すのは諦め、次には墓地に入って、草むしりをしていた七十くらいの寺男を懐柔《かいじゅう》しようとした。椀田はこの年ごろの爺さんは得意である。世間話から入って、すぐに親しくなれる。だが、この寺男はすでになにやら口止めでもされているらしく、逆に椀田のことは、しきりに訊ねようとするが、寺については惚けたふりをして、口を濁すばかりだった。

――こいつも駄目だ。

と、墓参に来た者にも声をかけ、なにか訊き出そうとした。

だが、墓地というのは、いきなり話しかけるには、きわめてふさわしくない場所らしい。哀しみにうちひしがれている者を、ねずみ講にでも勧誘するつもりですか、とでもいうように、胡散臭《うさんくさ》そうに見られ、逃げられるばかりだった。

本堂にも入ってみたい。住職が無理なら、小坊主あたりから話を訊いてみたい。

だが、檀家でもないのに、のそのそ上がり込むわけにはいかない。お前は誰だ? 切支丹《きりしたん》か? などと、寺社方に報せに行くかもしれない。

こんな案配で、調べはまったく進んでいないのだった。

今日も、椀田はまず、山門をくぐった。

本堂や、坊さんたちの住まいなどの建物は、おおむね左手の一角に固まっている。中央の前面が、こぎれいな、枯山水《かれさんすい》ふうの庭で、その奥から右手一帯が、墓地になっている。椀田は墓地のほうへ歩いた。

寺男や、修行中の若い坊主あたりから、

「どちらに」

と、訊かれたら、

「友人の墓参り」

そう答えることにしている。友人は、墓の佇《たたず》まいで、適当に決める。

墓地のほうに来ると、派手で、にぎやかな一団がいた。十人くらいだが、そのうち八人は若い女で、二人は少女だった。

今日までなかったことである。これは期待できるかもしれない。

しらばくれて、隣の墓に参ったふりをして、一団に近づいた。女たちの、墓地には似合わない楽しげな話が聞こえてくる。

「大師匠も、九十三まで生きたんだもの、この世に未練もないでしょう」

「婚姻だって、三度もしたらしいわよ」

「三度目は七十のときで、相手は三十も歳下だったたって」

「まあ、羨ましい」

「それも、踊ってる最中にぱたりでしょ。誰にも迷惑はかけてないし、ほんとに最高の死に方だわよ」

どうやら、芸事の師匠が亡くなって、弟子たちが墓参りに来ているらしい。見た感じでは、芸者ではない。ふつうの町娘で、踊りを習っていたらしい。

「それにしても、ここのご住職、説教がうまいわよね」

「ほんと面白い。噺家《はなしか》さんみたいね」

「上方のお坊さんて、皆、あんな感じなのかしら」

今度は、ここの住職の話になっている。若い娘たちの話は、あっちへ飛び、こっちへ飛びするので、椀田はしばしば、何を言っているのかわからなくなる。

「名前、なんといったっけ?」

「雲快さまでしょ」

「十日に一度、説教会をやってるっていうから、今度、来てみようかしら」

などと言っているところへ、

「そうか。ご住職は、そんなに面白いのか?」

と、椀田は、声をかけた。

娘は、声をかけられて、驚いた顔をし、

「あら」

「ないしょですよ」

と、人差し指を口に当てた。

「わしはまだ、お会いしたことがないのだ。じつは今度、お経を頼むのだが、あまり説教臭い坊さんは、嫌だなと思っていたのだがな」

「その説教が面白いんですよ」

「ほう」

「今一休《いまいっきゅう》」

と、隣の娘が言った。

「え?」

「ほら、昔、一休さんていたでしょう。頓智《とんち》の上手な」

「うんうん」

「本寺《ほんじ》では、その一休さんの再来だと言われていたんですって」

「本寺から来たのか?」

「ええ。本寺は大坂にあって、あの調子の良さは、大坂の人特有なのかなと思って」

「なるほど」

「商売のうまさもね」

別の娘が言った。

「商売もうまいんだ？」

「うまいのなんのって。そっちに行くと、祠《ほこら》みたいなものがいっぱい建ってるんです。それって、長屋墓《ながやばか》なんですよ」

娘は南のほうを指差して言った。

「長屋墓？」

椀田は、そんなものがあるのかと驚いた。

「ええ。一つの墓に、長屋の人たちが皆で入って、墓石にも皆の名前が刻まれるの。一基建てるより、はるかに格安のうえに、長屋の人たちがいっしょに入ることができるから、あの世でもいっしょで、ぜんぜん寂しくないっていうんで、いま、人気になっているんですよ」

これに、ほかの娘も話に加わって、

「うちの近くの大家さんも、申し込んだみたいよ」

「うちの近くのお湯屋には、その引札《ひきふだ》（広告）まで貼ってあるのよ。あの世でもわいわいがやがや、常信寺の長屋墓って、売り文句まで書いてあるの」

「そうなの。ほんと、商売上手ねえ」

椀田などそっちのけで、噂話に夢中である。

「雲快さまって、いくつかしら？」

「まだ三十くらいでしょ」

「もうちょっといい男だったら、夢中になっちゃうかも」

「あら、見ようによっちゃいい男よ」

「そうかも」

「あたし、好み」

「あたしは嫌。なんか、軽い」

「軽い男は、付き合うと楽よ」

「駄目よ。こっちも軽く扱われるから」

やかましいのなんの。お前たち、墓地に何しに来たんだ、物見遊山《ものみゆさん》かと言いたいが、ずいぶんいい話を聞かせてもらっている。

ところが、さすがにおしゃべりの度が過ぎたと気づいたらしく、

「あ、いけないない。大師匠がまたおしゃべりばっかりって、怒ってるかも」

「ほんとだ、帰ろう」

と、全員いっしょに、そそくさと帰ってしまった。

二

――長屋墓かあ。

椀田は感心した。初めて聞いたが、すでにけっこう知られているらしい。墓の引札なんか貼って、仏さまは怒らないのだろうか。

その長屋墓とやらを見に行ってみることにした。

墓地はけっこう広く、二千坪近くあるかもしれない。その南のほうに行くと、縦長ではなく、ほぼ真四角の石が並ぶ一角があった。

その一つずつをよく見ると、一尺（約三〇・三センチ）ほどの石に、前後左右に大勢の名前が彫ってある。名前といっても、戒名《かいみょう》ではない。「弥太郎《やたろう》」だの「おはな」だの、長屋の住人らしい、現世の通り名が彫られているにすぎない。

「これかあ」

椀田は思わず苦笑し、

「こりゃあ、いいや」

と、感心した。ざっくばらんで気取りがなく、いかにも居心地のよさそうな墓ではないか。よくもこんなことを考えたものである。

いまは、七、八基だが、なにも彫られていない石が、十何基かある。空いた場所もあるので、これはまだまだ増えるかもしれない。

うまい金儲けの手段だが、あくどい感じはしない。だが、これが坊主が考えたことは思えない。

――なんとか自然なかたちで、雲快に接触できないものか。

そう考えながら、墓地を歩いていると、近くにいた墓参りの男連れが、

「墓石が歩いたらしいですよ」

と、言う声がした。墓地は、碁盤の目のように通路が交差しているが、一つ向こうの通路である。

「あたしもその話は聞いたよ。本当かい？」

「本当だと」

「見たのかい？」

「あたしは見てないけど、見たらしいよ」

町人の二人連れが、そんなことを言っていた。

これは聞き捨てならない。

「その話、面白そうだな」

と、椀田はこっちの通路から声をかけた。

「面白いというか、怖い話ですよ」

「いろんな墓石が歩くのかい？」

「いいえ、一基だけです」

「どの墓かもわかってるんだ？」

「はい。そっちにある〈水戸屋《みとや》〉さんという薬屋の代々のお墓です。そこのご当主が墓参りに来て気づいたんですが、一間（約一・八二メートル）ばかし、ずれていたそうです。しかも、歩いているところを見たって人もいるらしいです」

「水戸屋？」

「小伝馬町《こでんまちょう》にある大きな薬屋さんですよ」

「ふうむ」

これも気になるので、男が指差したほうへ、行ってみることにした。

水戸屋の墓は、行灯《あんどん》があって、屋号が入っていたので、すぐにわかった。

――これがねえ。

立派な墓石である。台座もあって、五尺（約一五二センチ）ほどある。怪力の椀田でも、これは抱えたりできそうにない。

面白そうな話で、ぜひ調べてみたいが、それよりは餓舎髑髏の件である。さっき

の二人連れがまだいたので、もどって、

「そういえば、この寺は、断食修行をするらしいな？」

と、訊いた。

「ああ、はい。向こうに道場がありますよね」

西側を指差した。

「あ、あそこか」

今度はそっちに向かった。墓地のなかをあっちにうろうろ、こっちにうろうろ。

なんだかできたての人魂《ひとだま》になった気分である。

そこは墓地ではなく、南側の本堂の裏手にあたる。

やけに扁平《へんぺい》な感じのする、飾りの少ない建物があり、

〈餓舎〉

と、扁額《へんがく》が掲げられている。

一回りしたが、いまは、すべての戸が閉まっている。それでもなかで、断食修行が行われているのだろうか。

しゃがんで、縁の下を見た。とくに妙なものはない。猫がいるのが見えた。仔猫ではなさそうである。

猫を見ていると、

「何をしておる？」

　と、声がした。

　振り向くと、大きな身体をした武士がいた。眉が濃く、目がぎょろりとしている。南国に多い顔立ちである。椀田も巨体だが、負けじ劣らじといった巨体である。上背は椀田のほうがやや高いが、目方は明らかに向こうが上だろう。

　寺が侍を雇うところもある。いわゆる寺侍である。この男は、それかもしれない。

「いや、別に」

　と、椀田はぼそりと言った。

「別にはないだろう」

「猫の鳴き声がしたのでな」

「それは、いま気がついたことだろうが。その前から、うろうろしていたぞ。迷いの多い人魂みたいにな」

　傍目《はため》にもそう見えたらしい。

「それと、餓舎というのは、お堂につける名前にしては、変わっていると思ったのでな」

「ここは、断食の道場なのだ」

「そうらしいな。わしも、いっぺんやってみるか」

そう言って、椀田は退散しようとしたが、

「待たれい」

と、引きとどめ、

「ここの寺男が、この三、四日、身体の大きな武士が墓地をうろうろしていると言っていたが、貴殿のことのようだな」

「……」

やはり見張られていたらしい。

「わしは、寺社方の梶山《かじやま》と申す」

寺侍ではなかった。もっと悪いのが出て来たわけである。

「わたしは……名乗るほどの者じゃないよ」

町方とは言いたくない。

「貴殿、どこかで見たことがあるな？」

じつは、椀田もそんな気がしていたが、

「わたしは別に、貴殿を見た覚えはござらぬがな」

「もしや、貴殿、町方では？」

と、梶山は訊いた。

椀田は、本来、本所深川回りの同心なので、黒羽織に着流しという恰好が当たり前になる。が、根岸の命令で動くときは、たいがい袴を穿き、目立たない恰好をしている。もっとも巨体だから、どんな恰好でも目立ってしまうのだが。

「……」

ここは、しらばくれて、やり過ごしたい。

「町方は山門をくぐるべからず」

「え？」

「ここは寺社方の管轄だというのさ」

梶山は、なんと、刀に手をかけた。

椀田は、梶山の手を見つめながら、一歩、後ろに下がって、

「おいらは、墓参りに来ただけなんだがな」

「嘘を言え」

「嘘じゃねえさ」

適当に、彫ってあった名前を告げようか。

「誰の墓だ。でたらめだったら許さぬぞ」

調べられたら、嘘だというのはすぐに証明される。

一触即発《いっしょくそくはつ》という雰囲気になってきた。

椀田の戦い方は、とにかく人並外れた体力、膂力《りょりょく》で、圧倒してしまうというもの

だった。だが、同じくらいの巨漢とは、ほとんど戦ったことがない。道場でもないし、やくざにもいない。悪党たちはむしろ、小柄な者が多かった。

——やってみないとわからねえ。

椀田はそう思って、刀の鯉口《こいぐち》を切った。

そのとき、

「あんたたち、ここをどこだと心得る！」

厳しい叱責《しっせき》の声がした。

声のしたほうを見ると、若い坊さんがこっちを睨んでいる。それでもどこかに商人のような愛嬌を感じさせる。

どうやらこれが住職の雲快らしかった。

三

「しかし、ご住職。この者は、たぶん町方の人間ですぞ。勝手に寺社方の管轄地に来て、何か探ろうとしているのです」

と、梶山は言った。かねてから顔見知りらしい。

「なにか探る？」

雲快は椀田を見た。目尻は下がっているが、笑ってはいない。

「いや、探るというか。町の噂を聞いたので、本当かと見に来たのだ」

と、椀田は言った。もはや、墓参りという嘘はつけない。

「町の噂？　餓舎髑髏のことかな？」

雲快が訊いた。

「いや。なんでも、ここの墓地の墓石が、夜、歩き回っているというのだ。そっちの水戸屋の墓石のことらしい」

「水戸屋の墓石がな……」

雲快は、しばしの間を置いて、

「もう、噂になっているのか」

と、言った。

「そんなふうにおっしゃるということは、ご存じだったのですね。本当なのですか？」

椀田は訊いた。

「たぶん。本当だろうな。水戸屋の者もそう言っておった。そういうことは、あまり他言せぬようにと言っておいたのだが、どうしてもしゃべって回るのだな。修行の足りない者は仕方ないのう。じつは、この寺では、奇怪なことが相次いでいる。その一連のできごとなのだろう」

雲快は、わりと暢気《のんき》な口調で言った。

「知っていて、そのままにしてあるので？」

「怪かしのすることじゃ。どうしようもあるまい」

「……」

「ただ、怪かしも闇雲《やみくも》にやっているわけではないぞ。なにかしらの理由がある。水戸屋の場合も、わしはだいたい見当はついておるのだ」

雲快がそう言うと、

「だから、町方が介入することではない」

梶山は椀田を睨みながら言った。

「まあ、梶山さまも、そうそう尖《とが》らずに。のう、町方さん。いまから本堂で、わしの説教会がおこなわれる。檀家の者ばかりだが、これもご縁だ。説教を聞いて行きなはれ」

雲快から誘われた。願ったり叶ったりである。

「それは、ぜひ」

と、椀田は言った。

説教会は、本堂で開かれた。

よく磨かれているらしい黄金色《こがねいろ》の阿弥陀如来《あみだにょらい》を後ろにして、雲快が立っている。眩しいし、厳《おごそ》かと言えなくもない。

その前に、百人はいないだろうが、それに近い数の老若男女《ろうにゃくなんにょ》が座っている。すべて檀家の者と雲快は言っていた。

椀田はいちばん後ろに座った。しびれがくるので、正座は嫌だが、仕方がない。

梶山は、椀田の後ろで壁に背をもたれて立っている。四半刻（三十分）後に対決となったら、椀田は足のしびれのせいで斬られる。

雲快は、一同を見回し、

「ここの墓地で、墓石が動いたのじゃ」

いきなりそう言った。

——え？

椀田は呆気《あっけ》に取られた。たったいま、椀田が問い質した話ではないか。それをすぐさま説教に取り入れることにしたらしい。臨機応変《りんきおうへん》というか、軽佻浮薄《けいちょうふはく》というか。頭が回ることは間違いないだろう。

「多いんじゃ、このところ」

雲快はそう言って、子どもが泣き出しそうな顔をした。表情が豊かである。

老若男女から笑いが起きた。

「あんたたち、噂で聞いただろうが、餓舎髑髏も出た。滝夜叉姫の亡霊も出た。墓石が動くのくらい、なんでもない」

「ははあ」

と、老若男女がうなずいた。

「この世はいろんなことが起こる。起きないことはない。人間が一生のうちに見られることなどたかが知れている。たとえば、あんた」

と、若い娘を指差した。

「はい」

「あんたの周囲にいる猫なんて、せいぜい数匹だろう」

「三匹くらいです」

「だが、この世には、何十万匹の猫がいる。青い猫もいれば、緑の猫もいる。犬そっくりの猫もいる。あんたは見たことがあるか？」

「ありません」

「それくらい、一人の人間が見られることは、たかが知れている。知らないことが起きたからといって、それは嘘でもないし、幻でもない」

口はうまい。

調子にメリハリがある。講談でも聞いているみたいである。

「しかも、今日は特別に、驚くべき真実を教えよう。じつは、この世界はしょっちゅう、分かれている。いいかい。あんたたちは、道を歩いていて、角を曲がったとするよ。曲がる前は、向こうの景色は見えないわな。曲がって初めて見える。だが、曲がるまで、向こうの景色がどうなっているか、じつは決まっていない。それは、あんたたちのそれまでの行いによって決まるのだ」

また、わけのわからないことを言い出したものである。

曲がるまで、向こうの景色が決まっていないだと？　どういう意味だ？　見ても見なくても、向こうの景色はいっしょだろう。

それはつまり、先々はなにが起きるかわからないということか？

椀田の疑問をよそに、説教は進んでいく。

「行いが悪ければ、あんたたちが進む先は、どんどん地獄に近づいていく。地獄なんてところは、いきなり落ちるもんじゃない。間違ったことをしているうちに、だんだん近づいていく。だから、途中で気づいて、極楽のほうに向かうことができるんだ。いままで、ろくなことはしなかったと、内心怯えている者がいたら、安心なさい」

老若男女は、うなずきながら聞いている。

だが、雲快の話は、メリハリは利いているが、喩《たと》えがぴんと来ない。

椀田は足がしびれてきて、話が耳に入らなくなってきたが、

「餓舎髑髏」

という言葉が出たので、また、耳を澄ました。

「だいたい、皆、怖がり過ぎなのだ。わしなど、怖いものはなにもない。行いがいいからな。そっちの三陸屋さんでは、餓舎髑髏と滝夜叉姫の亡霊に襲われて、大勢が亡くなった。だが、餓舎髑髏に食われたから地獄に行くわけではない。良き魂、あるいは誰かがもどって来て欲しいと願っている魂は、そのあたりに漂っている。ほれ、そこにも、ここにも。それで、また、あんたたちと会えるかもしれない。死んだって、魂は消えぬ。死など、なにも怖がる必要はないのだぞ」

やはり、椀田には、素《す》っ頓狂《とんきょう》な説教としか思えない。

だが、椀田の斜め前にいる若い娘は、

「なるほど」

「そうかあ」

などと、小声で言いながら、大いに感心しているらしい。

その娘が、ちらりとこっちを見た。若い。まだ十六、七といった歳だろうが、たいした美人である。椀田は、力丸《りきまる》の妹分である小力《こりき》を愛妻としてから、町でもほとんど美人に目を向けることはなくなった。うちの小力より美人はいないと思ってい

るからである。

その椀田ですら、目を瞠った。

娘の横顔に気を取られるうち、説教はどこをどう進んだのか、またも地獄について語っていた。

「地獄というのは、落ちるのではないぞ。おのれの身体のうちに生まれ、じわじわとそれに蝕《むしば》まれていくのだ。自分が完全に地獄に蝕まれたときは、すでに周囲も地獄と化している。あらゆるものが、そなたを責めさいなみ、刺して、切り刻む。釣り上げられたマグロのように、ずたずたに切り刻まれる」

この言い方に、椀田は目を瞠った。

――まるで三陸屋の死体ではないか。

やはり、こいつは胡散臭い。

椀田がそう思ったとき、

「ご住職のおっしゃる地獄は、脅しに思えるんですがね」

という声が横のほうでした。言ったのは、まだ若い、お店者らしい男だった。

「脅し？」

雲快はムッとしたように、その男を見た。

「地獄が怖いなら、わしの言うことを聞け。つまりは、それなりの金を出せということですよね」

男は食ってかかるように言った。

「金を出せなどとは、わしは、ひとことも言っておらぬぞ」

「いいえ、遠回しに言ってるんです」

「また、それか。あんたと話してもきりがないわ」

「きりはあります。おすみのことで、納得いく話をしてくれたらいいんです」

この男は、これまでも雲快にそうした訴えをしてきたらしい。

「だいたい、あんたはもう来なくていいと言ってあるだろうが」

雲快がそっぽを向くと、

「帰れ、帰れ」

という声が、ほかの信者たちからかけられた。

しかも、寺社方の梶山が、男のそばに近づき、引きずり出してしまった。

男がいなくなると、

「どうもわしは誤解されているらしいな。わしは金など、まったく欲しくないぞ。この寺の誰に訊いてもらってもかまわぬ。なあ、慈念《じねん》、今朝、わしは何を食べた?」

わきのほうに座っていた小坊主に、雲快は訊いた。

「はい。玄米を一椀と、ワカメの味噌汁と、納豆だけでした」

小坊主は、可愛い顔で答えた。

「昨日の夕飯は？」

「玄米を一椀と、納豆と、ワカメの味噌汁でした。晩飯も朝飯もいつも同じです」

「昼飯は？」

「いつも召し上がりません。茶を一杯、お飲みになるだけです」

小坊主の答えに、老若男女は、

「へえ」

と、感心した。

「では、わしの着物は？」

「木綿の着物が二枚だけ。それを交互に着ています」

小坊主の返事に雲快はうなずき、

「どうじゃな。わしは、欲しいものなど何一つないぞ。贅沢《ぜいたく》なんか、これっぱかりもしたくない。いただいた寄進は、飢饉《ききん》のときの施し用に、米にして蓄えるか、本寺にお届けするかだ。自分の金が欲しいわけではない」

雲快がそう言うと、老若男女はいっせいに雲快に向かって手を合わせた。

四

翌日——。

椀田は今日も常信寺に向かった。

やはり、墓が歩いたというのは気になる。

もしかしたらあれは、雲快がやっていることではないのか。そうした噂が出回るほど、餓舎髑髏の話も信憑性が強まっていく。それを狙ったのではないか。

もう一度、水戸屋の墓を見てみたい。

寺社方の梶山と顔を合わせたくないが、あいつだって毎日、常信寺に来ているわけではないだろう。だいたい、寺は江戸だけで千八百ほどあるらしい。神社ときたら、稲荷の祠まで入れたら数え切れないという。寺社方の同心はそれらを見て回るだけでも大変で、町方の同心よりはるかに忙しいと聞いたことがある。だから、梶山も今日は来ていないはずである。

念のため、門を入って、しばらく周囲を眺めたが、梶山の姿は見えないので、墓地のほうへ入った。

水戸屋の墓のところに来ると、女が二人、墓参に来ていた。

「水戸屋の人かい？」

と、椀田は声をかけた。

「はい。女中をしてます」

かたわれが答えた。

「この墓は歩くそうではないか？」

単刀直入に訊いた。

「歩きます。おそらく昨夜も」

「なぜ、わかる？」

「ここにタンポポの花を踏んだような跡があるでしょう」

「これか」

「ここらに、タンポポの花は咲いていませんよね。でも、あっちは」

と、指差した。

そこに行ってみると、空き地のようになっていて、タンポポの花が一面、咲き誇っている。すでに初夏なので、春咲きの花の最後のものだろう。

「ほら、転々と、足跡じゃないですが、墓が歩いたような跡があるでしょう」

石の角が踏みつけたみたいな跡もある。

「なるほど」

「最初に見つけたのは旦那さまでした。どうも、向こうの梅の木の位置がおかしいと思ったんだそうです。墓石に向かって手を合わせると、梅の木はいつも左側に見えていたそうです。それが右側に見えているので、おかしいなと。よくよく眺めたら、墓石が一間（約一・八二メートル）ほど左にずれていたんです」

「どれどれ」

椀田は墓石の前に立った。確かに、梅の木は右側に見えている。

「また、左にもどるときもあるんですよ」

「そうか。いつのことだ、それは？」

「半月ほど前です。旦那さまが気づいたのは。それから、気をつけてみるようにしたのですが、いまから七日ほど前には、番頭さんが夕方、墓参に来たとき、あの墓石があっちからここへ、とぼとぼと歩いて来たのを見たらしいです」

「それは住職にも話したんだよな？」

「番頭さんが、したそうです。当然だろうというお顔をされてました。近ごろ、この寺では怪異なことがよく起きるのだと。水戸屋さんの墓は、たぶんオコトラさまに呼ばれて、叱《しか》られたのだろうなと」

「オコトラさま？」

それは初めて聞いた。説教のときも、それは言っていない。

「あそこの祠です。あれに祀られているのが、オコトラさまなんだそうです」

女中は左奥のほうを指差した。なるほど、小さな祠が見えている。

「仏か、それは？」

「神さまだそうです」

神仏習合《しんぶつしゅうごう》である。仏と神の同居は、珍しくはない。

「どういう神さまなんだ？」

と、椀田は突っ込んで訊いた。

「西の方角を守るのは白虎《びゃっこ》さまで、その白虎さまが地上に現われたけれど、人間の悪いやつに苛められ、子どものうちに亡くなられたのがオコトラさまなんだそうです。オコトラとは、御仔虎の意味でもあり、怒っている虎の意味でもあるんだそうです」

「ふうん」

「では」

と、女中二人は帰って行った。

椀田は、女中が指差した祠のところに行ってみた。

お祭りの神輿《みこし》みたいな祠である。格子戸の隙間から、祠のなかをのぞいた。

猫の人形みたいなものがうっすらと見えた。

――くだらねえ。

と、のぞき込んでいた姿勢から、身体を起こしたときである。

視界の隅に異様なものが見えた。

墓石らしきものが動いたのである。

しかも、一瞬だが、地中から人の首が出たのである。

ここからは、十二、三間（約二二〜二四メートル）ほど向こうである。はっきりとは見えなかったが、首以外のものではない。

——嘘だろう……。

愕然としたが、椀田は腰を抜かしたりはしない。すぐにその方向へ向かった。墓地の隅で、高い塀の向こうは三陸屋である。例の蔵も見えている。

墓石が乱立している。ここらは、雑然と配置されている。もちろん、人の首などは落ちていない。

——あれは、幻だったのか。

椀田はさっき見たものが信じられない。だいたい椀田は、怪しげなものは見えない体質である。まだ、奉行所の見習いにもなっていなかったころ、七、八人の仲間と、深川の墓地に胆試《きもだめ》しに行ったことがある。椀田以外の全員が、そこで人魂を見たのに、椀田だけは見なかった。その、おれが……。

——やはり、ここは出るのか。

とも思った。さすがの椀田も、背筋が寒くなった。

椀田は、小伝馬町の水戸屋を訪ねてみることにした。

大きな薬屋である。間口は十間（約一八・二メートル）以上あって、客も多い。

店先では、〈富山安身丸《とやまあんしんがん》〉という旗がなびいている。確か、姉がしょっちゅう飲んでいる薬ではなかったか。

手代が寄って来たが、

「あるじに訊きたいことがある」

と、懐に隠していた十手を見せた。

すぐにやって来たあるじは、坊主頭である。薬屋というより医者のようである。

「ちと、妙な噂を聞いたのでな」

「はあ」

「常信寺にあるここの墓石が、歩いたという噂がある」

「ああ、それは事実でございます」

かんたんに認めた。

「見たのか？」

「わたしは、遠目にですが、見ました。うちの番頭は、もっとはっきり見たそうです。墓石が、こんなふうに肩を揺さぶるようにして歩いていたと」

あるじは、身体をぎこちなく左右に揺さぶるしぐさをしながら言った。

「住職にも言ったそうだな」

「ええ。オコトラさまのせいだと言われました。わたしはてっきり、先祖の御霊《みたま》が、雲快さまにもの申したくて歩いたのかと思ったのですが」

あるじは不服そうな顔をした。

雲快になにかあったのか？　と、訊こうとしたが、

「雲快さんに叱られました。水戸屋はいろいろよろしくないから、オコトラさまも怒っているのだと。もっと悪いことが起きてもわしは知らんぞと言われました」

「もっと悪いこと？」

「わかりません。だが、怖くなりました」

「詳しく訊きたいな」

「いえいえ、ご勘弁を。餓舎髑髏がうちにも出たら、大変ですので」

あるじは口をつぐんだ。

「ちなみに、首は見なかったか？」

と、椀田はつい訊いてしまった。

「首ですか？」

「生首が墓の下から出て来るといったことは？」

「いや、それは見ておりません。そんなもの、見た人がいるのですか？」

「うん。いたらしい」

それは自分だとは言わない。

「やはり、あの寺は怖いですな。うちは、代々の檀家ですが、雲快さんが来るまでは、あんなことはなかったのですが」

あるじは声を潜めて言った。

五

次の日も、椀田は奉行所に寄らず、まっすぐ常信寺に入った。

餓舎髑髏の件の調べは、なにも進んでいない。椀田も焦ってきている。

墓地のなかほどまで来たとき、

「お、椀田」

と、手を上げた男は、土久呂凶四郎である。

「なんだ、土久呂じゃないか。ここで、なにしてる？」

「うん。あの娘をな」

顎をしゃくったほうにいるのは、この前、雲快の説教会にいたきれいな娘である。

手を合わせているのは、三陸屋で亡くなった者たちの墓である。まだ、誰の遺体か判別できていないので、仮の墓のようになっている。

「誰か、知ってるのか?」

と、椀田は訊いた。

「三陸屋の娘だよ。おかよっていうんだ。あの晩は、別の長屋にいて、奇禍を免れたんだ」

「なんと」

「しかも、それだけじゃねえ。死んだはずの三陸屋の若旦那とは、じつはできていて、しかも、若旦那はまだ生きているとぬかしているらしい」

「ああ、そのことか」

椀田は鼻で笑った。

「なんだ?」

「生きちゃいないさ。それは、住職の雲快に焚《た》きつけられたんだ。肉体は死んでも、魂はすぐそこらに漂っているんだとよ。また、会えるともぬかしていたな。それを真に受けただけだよ」

「そういうことか」

「おいらも聞かされたんだ。道の角があるだろ?　それは、曲がってみないと、向こうの景色はわからないんだと」

「頭、変なんじゃないのか?」

と、凶四郎は言った。

「まあな」

娘は墓を離れ、餓舎のほうへ向かった。いまから断食でもするつもりなのか。そのわりには、痩せてはいない。

その後ろ姿を見ながら、

「もっとも、おいらも変になったかもしれねえ」

と、椀田は言った。珍しく自信なげな言い方である。

「どうした?」

「ここの墓地を見ているとき、墓が動いたような気がしたんだ。じっさい、そういう話が出ていてな。それも調べていたんだ。そんなとき、動いたみたいだった」

「ほう」

「それどころじゃない。おいらは生首が墓から出て来たのも見た。いや、見たような気がした。だが、確かに見た」

椀田は言いながら混乱した。

「それは、どこのあたりで見た?」

凶四郎が訊いた。

「向こうだ。墓地の端で、三陸屋と接するあたりだった」

「行ってみよう」

東側の端まで来た。

「このあたりだ」

三陸屋の蔵が見えている。こちら側は窓もないので、ただの塀のようにも見える。

「もしかして、これではないのか？」

凶四郎が指差したのは、墓石の後ろにある石の板である。たぶん、その下には、骨壺などが収められているのだろう。

「ああ、たぶん、そうだと思う」

「ここから生首が出たのか？」

「そう見えたんだ」

「椀田。それは間違いなく見たんだ」

と、凶四郎はニヤニヤ笑いながら言った。

「からかうな。おいらは本気だぞ」

「からかってなんかいない。その生首は、宮尾の首だ」

凶四郎は怪談話でもするみたいに言った。

「え？」

「いいか」

凶四郎はしゃがみ、その石の板を力を入れてずらした。

「なんと」

そこは穴になっていた。下りて行ける梯子もある。

「お奉行から聞いたのだが、ここは、三陸屋のまえの店の氷室だったそうだ。いまは使われていないがな。それで、氷室の端がなぜか、こっちの墓地に出られるようになっていた。どうも、当時は、墓地との境界があいまいで、そんなことになったんじゃないかな。それで、根岸さまたちがここを調べていて、宮尾がこの石の蓋をずらし、外を見た。すぐに引っ込めて、石の蓋もずらしたんだ。あんたが見たのは、そのときの宮尾の顔だよ」

そう言って、凶四郎はすぐに石の蓋をもとにもどした。

「そうなんだ。あっはっは」

椀田は大きな声で笑った。亡霊を見たというより、自分は気が変になったのかという怖れもあったのだが、そうではないとわかって安心した。

「そりゃあ、生首に見えたら驚くわな」

凶四郎も笑った。

すると、向こうから大きな身体の武士が向かって来た。

「まずい。寺社方だ」

椀田は顔をしかめた。


「あれほど町方の管轄ではないと、言っただろうが」

と、梶山は、椀田と凶四郎を睨みながら言った。

「別に墓地に出入りするくらいはかまわんだろうが」

椀田は反論した。

「なんなら、斬り合ってもいいのだぞ」

と、梶山は引かない。

凶四郎が呆れて、

「寺社方というのは、いつからそんなに横暴になったんだ？」

と、訊いた。

「横暴？　横暴でなんかあるものか。邪魔をされると困るのだ」

「なんの邪魔を？」

椀田が訊くと、梶山の顔にためらいのような表情が浮かんだ。

「………」

梶山は何か考えている。

「どうした?」

椀田はさらに訊いた。

「これは言いたくなかったんだが、この寺はなんか臭いのだ」

「え?」

意外な言葉である。

「だから、おれがひそかに探っている。それを町方に荒らされたら、やりにくくなる。引っ込んでいてもらいたいのだ」

「あんた、寺社方って、どこのお奉行の配下だ?」

と、凶四郎が訊いた。寺社奉行は複数いる。いまは確か、四人のはずである。

「脇坂淡路守さま」

と、梶山は言った。

「え? 水野さまの配下ではないのか?」

椀田が驚いて訊いた。

「違う。水野さまは、もう、この件はお終《しま》いだとおっしゃっている。であれば、寺社方の武士がこんなところに来るか」

「驚いたな」

凶四郎と椀田は、顔を見合わせた。

脇坂淡路守は、根岸肥前守と親しい。しかも、一癖あるが、面白い人物である。

「てっきり、おいらは常信寺を守るため、水野さまのところから来ているのかと思っていたぞ」

と、椀田は言った。

「常信寺を守るためと思わせておいたほうが、雲快を探るには都合がいいではないか」

「確かに」

「あの坊主、相当な曲者《くせもの》だぞ」

梶山は言った。

椀田は大きくうなずき、

「餓舎のなかで疫病で十何人が死んだという話があるよな？」

「あれはでたらめだ」

「やはり」

「雲快を怪しみ、騒ぎ出した連中を断食を利用して始末したのだ。おそらく毒殺」

「なんと」

そこまで決めつけているとは、椀田も驚いた。

「だが、断食なのに毒を？」

凶四郎が訊いた。

「断食でも水は飲む。毒など、どうやっても与えられる。ただ、証拠がない」

「もう、ひと月近く経っているしな」

「まったくだ」

「墓石が動くという話は？」

「あれはわからん。だが、たいした話ではない」

梶山は、それは興味がないらしい。

「脇坂さまであれば、われらと協力できるのではないか？」

と、椀田が言うと、梶山は困った顔をして、

「わかった。だが、しばらく待ってくれ。おれは仕事でしくじりをした。なんとかあの餓舎の毒殺の件で手柄を立て、脇坂さまに見直してもらいたいのだ。三陸屋の件はそれからでいいだろう？」

「そういうことか」

「あと四、五日でいい。もうじき、おれはすべてを暴いてやる」

「了解した。だが、墓が動く件は、調べさせてくれ」

「いいだろう」

和解が成立した。

六

「そうか。脇坂さまのところが動いていたのか」

椀田の報告を受けて、根岸は微笑んだ。

評定所で顔を合わせる人たちのなかでは、脇坂淡路守はもっとも気の合う人と言っていいだろう。つねに根岸の味方にもなってくれる。

「その梶山という同心も、いかにも脇坂さまのご家来という感じでした」

と、椀田が言うと、

「梶山？　梶山文吾《ぶんご》か？　身体の大きな？」

根岸は訊き返した。

「そうです」

「あれは同心ではないぞ。小検使《しょうけんし》だ」

「小検使なので」

椀田は驚いた。小検使というのは、町奉行所で言えば与力に当たる。かなり偉いのである。てっきり、同じ同心と思って、同等の口をきいてしまった。今度からは改めないとまずいだろう。

「そういえば、脇坂さまから聞いていたな。梶山というのは猪突猛進《ちょとつもうしん》するやつで、このあいだも調べが足りないうちに寺に踏み込んで、結局、尻尾を摑めず逃げられたんだと」

「ははあ。そのしくじりを挽回するつもりだったようです」

「なるほどな」

と、根岸は笑った。

「それで四、五日は、雲快を突っつかない約束をしました」

「いいだろう」

「それにしても、次々と妙なできごとが起きます。オコトラさまなんてのも出てきましたし」

「オコトラさま？」

「雲快が勧請《かんじょう》したみたいです。大坂にいる、おもにお寺を守る神さまなのだそうです」

「聞いたことがないな」

根岸は苦笑した。

「餓舎髑髏といい、オコトラさまといい……」

「うむ。江戸は初顔の怪かしたちが、跳梁跋扈《ちょうりょうばっこ》し出したようだな」

「しかも、もう一つ、妙な話が出てきまして」

「なんだ？」

「墓が……」

と、椀田は水戸屋の墓の件を語り、

「わたしはそれも、雲快がなにか仕掛けをつくって、噂になるようにしたのではと思っているのです」

「ふうむ」

「餓舎髑髏も、オコトラさまも、すべて嘘っ八で、皆を煙に巻こうとしているのではないでしょうか。なんのためかは、まだわかりませんが」

「自分でもわかっていないかもしれぬぞ。それが、あやつの癖みたいなものかもしれぬ」

悪党には、それぞれ癖のようなものがある。その場合、他人には理解しがたいことで、悪事を実行してしまう。

「墓を歩かせるのも？」

「いや、ちょっと待て。餓舎髑髏とオコトラさまは、確かに雲快が持ち出した話だな。下手したら、滝夜叉姫にもからんでいるやもしれぬ。だが、墓が動いたというのは、ちと毛色が違うな」

「そうですか。では、雲快でないとしたら？」

と、椀田が訊いた。

「水戸屋の狂言という線はどうだ。なにか、常信寺に物申したいことがあるのではないかな」

「あ、そうです」

椀田は膝を叩いた。

そこは、当然、もっと突っ込むべきところだったのだ。

七

次の日も——。

椀田は、水戸屋の墓の前に来た。水戸屋を突っ込む前に、なんとしても歩く謎を解き明かしたい。

このあたりは、立派な墓が多い。墓のあいだには、桜や梅、ケヤキ、銀杏《いちょう》などの樹木が植えられて、ちょっとした林のなかにいるみたいである。敷地も広く、一つの区画に何基も墓石が立っているところもある。水戸屋の墓は墓石は一つだが、まるで枯山水の庭みたいに思えるほどである。

墓石の前に立ち、向こうの梅の木を確かめる。

さらに墓石の土台などもじっくり見つめた。

「なるほどな」

椀田は手を打ち、一人、にんまりした。


つづいて椀田は、小伝馬町の水戸屋に向かった。

坊主頭のあるじは、椀田を見ると、奥の部屋に招き入れた。そこは、壁を薬棚が占め、薬研《やげん》なども置かれている。

「医者から薬屋を始めまして」

と、あるじは言った。やはりそうだった。

さまざま生薬の匂いに包まれながら、

「それで、墓石が動いたという件だがな」

と、椀田は切り出した。

「はい」

「そんなことはあるわけがねえと、おいらは思った」

「と、おっしゃいますと？」

「人がやったことだよ。手口もわかった」

「手口？」

「あの墓石、じつは動いていねえ」

「動いてますよ」

あるじは反論した。

「いや。墓の下には、お骨だのご遺体だのが埋まっている。そっちも動いたのか？」

「それは……」

「動いていねえ。だから、墓石も動いていねえ。そんなバチ当たりなことは、やらなかったんだ」

「……」

「ということは、あの周囲の柵を動かしたんだ。そうすりゃ、一間（約一・八二メートル）ばかし、ずれたみたいに思えるからな」

「墓は、歩き回ってますよ」

「そんなわけねえ。足跡みたいに見えていたのは、もう少し小さい石でも使って、跡をつけて歩いただけだ。墓石についたタンポポの花びらなんかは、採ってきて、なすりつければいい。簡単な細工なんだ」

「梅の木が……」

「もとは左手に見えていたというんだろう。そんなのは、もともと誰も見ちゃいねえ。それを言っているのは、水戸屋さん、あんたたちだけだ」

「だから……」

「おいらは、雲快のしわざと思った。奇怪な話をいっぱいつくって、もっと奇怪な嘘っ八を本当のことに思わせるためにな」

「……」

「だが、この件に関しては雲快のしわざじゃねえ。ところが、野郎はたちまち、それを利用して、常信寺で起こる怪異の一つにしてしまった。墓石を動かしたやつは、雲快に利用されてしまったってわけだ」

「……」

あるじは俯いた。こぶしを強く握っている。

「悔しいだろう、水戸屋さん。雲快の怪しさを告発するため、あんたがやったことなんだよな？　おいらは、その件を咎めたりはしねえよ。ほかの件で、雲快のことを調べているんだ。だから、正直に話してくれ」

「お見通しです」

と、あるじはうなずいた。

「なにがあったんだい？」

「お恥ずかしいのですが、金の恨みです」

あるじは、情けなさそうに言った。

「巻き上げられたのか？」

「寄進というかたちで」

「いかほどだ？」

「あの住職が来てから、すでに三百両ほど」

「それは多いな」

と、椀田は呆れた。ほんとに御仏に届いていれば、極楽行きは保証されたことだろう。

「餓舎という道場がありますでしょう」

「うむ」

「あれもうちで建てさせられたようなものですよ」

「なんでまた？　いきなり三百両を取られたわけではあるまい？」

「最初は、うちの手代が何人か、あの住職の説教にはまりましてね」

「ははあ」

「そのうち、うちの薬に邪悪なものがあると始まったんです」

「邪悪な薬？」

「それで命を落としたものがいると」

「じつは、効かないんじゃないかという疑いもあったんです。効く者には、びっくりするくらい効くのですが、効かない者は逆に命を縮めることもあったかもしれません」

と、椀田は訊いた。

「事実なのか?」

「だが、薬というのは、本来、そういうものだろう」

「おっしゃる通りです」

それは、椀田の姉であるひびきの教えでもあった。だから、椀田は薬というのはいっさい飲まない。風邪やほかの病気になったときは、水を飲んでひたすら寝る。

「しかし、そんなことを言われると、医者としては、ぐさりとくるところがありましてな」

「それで金か」

椀田は、憤然として言った。なぜ、そうなるかという思いである。

「雲快という人は、なんだかやり手の商売人みたいなところがあるんです。それで、まあ、詳しくは言いにくいのですが、うちの商売の弱みまで突いてきましてね。それはおそらく、出入りしていた手代から聞き込んだと思うのですが」

「だろうな」

と、椀田はうなずき、

「その教えに嵌まった手代の話は聞けないか？」

「じつは、亡くなりました」

あるじは辛そうに言った。

「亡くなった？」

「二人ともです」

「なんと」

「もう、雲快さまの説教は聞くのをやめにしようと言っていたのですが、どういうわけか、最後に断食修行をしてからにすると言って、参加しまして」

「あのなかにいたのか？」

「住職からは、疫病にかかったと言われました」

「信じたのか？」

「断食の前に、咳をしたり、熱があるとか言っていたのは確かです。それがぱっと流行ったのだと」

「だが、あんたは殺されたと疑っているのだな？」

と、椀田は訊いた。だから、墓を動かしたのだろう。

「常信寺の庭に、夾竹桃《きょうちくとう》があります。墓場のほうではなく、本堂の近くです」

「ああ、いまも咲いているではないか」

説教会のときも、見かけた覚えがある。日差しのなかの紅い花は、飲み屋の提灯のように人目を引く。

「あれには毒があります」

「そうなのか」

「猛毒ですよ、夾竹桃は。焼いた煙を吸っただけでも、死ぬ怖れがあります」

「なんと」

「わたしは、あれを煮出したやつを飲まされたのではないかと疑っています。じっさい、何本か枝を払った跡もありました」

慄然とするような話である。

「それで、その十何人というのは、皆、あいつに騙されたり、恨みを持っていた連中なのかな？」

「そうではないでしょう」

「ほう」

と、椀田は言ったが、殺したいのは数人だけという場合も考えられるのだ。全員、雲快に敵意を持つ者なら、すぐに疑いがかかる。だが、邪魔な数人を殺すため、いっしょに十数人を犠牲にすることもやれるのかもしれない。

椀田は背筋が寒くなった。

「ただ、気になるのは、その十数人のなかには、三陸屋さんの女中も一人、入っていたはずですよ」

「なんだと」

「うちの手代――その者はまだ生きていますが、その女中と思いをかわしていたそうです。おすみという名前でしたが」

「おすみ……」

説教会のとき、その名を出して、雲快を問い詰めた男がいた。それは、ここの手代だったらしい。

「その手代は、いま、雲快を直接咎めようとしているぞ。あまり、しつこくすると、始末される」

「なんと」

「下手に動かないように忠告しておいたほうがいいな」

「わかりました」

梶山と、雲快は四、五日でいいから突っつかないと約束している。

だが、椀田の胸のうちに、急いだほうがいいという予感がこみ上げてきていた。

八

水戸屋の話は、ぜひ梶山に教えてやりたい。

そう思って、椀田はふたたび常信寺に向かった。

いつの間にか小雨が降り出していた。傘はないが、そのまま急いだ。

山門をくぐると、すぐ前を若い女が入ったところだった。雨が降るのを予期していたのか、黄色と赤の蛇の目傘を差していた。

女はちらりとこっちを見た。

「おかよだな」

椀田は声をかけた。

「え?」

おかよは怪訝そうに椀田を見た。

「三陸屋の娘だろう?」

「あなたは?」

「町方の者だ」

嘘を言ってもしょうがない。

「町方? 町方がどうしてここに?」

「あんたのおとっつぁんや、おっかさんを殺した者をとっ捕まえるためだよ」

「だったら、町方が餓舎髑髏を捕縛なさるというんですか？」

できっこないだろうという調子だった。

「安心しろ。餓舎髑髏などおらぬ。嘘っ八だ。オコトラさまなんてのも、たぶん、でたらめの神さまだ」

椀田は笑いながら言った。

「バチが当たりますよ」

おかよは真剣な顔で言った。

「それより、どこに行く？」

「断食の修行です」

この前見たときよりは、少し頬が落ちているかもしれない。

「そんなこともよせ。若いうちは、しっかり食え。断食などしてるから、妄想が頭に浮かぶのだ」

「まあ」

おかよは、怒ったらしく、眉を吊り上げた。その顔も美しい。

「それより、あんたは、おすみという女中は知っているか？」

と、椀田は訊いた。

「もちろんですよ。餓舎で亡くなっちゃいましたけど。あたしは親しくしてました」

「そうだったのか。どういう娘だった？」

「賢い人でしたよ。断食もおすみに誘われたの。ただ……」

おかよの表情は翳った。

「どうした？」

「清蔵さんのことは嫌いみたいで。なんか怖いって」

「怖い？」

「商売のやり方もおかしいとか言ってた。女中だから、商売のことなんか、知らないはずなんだけど」

おかよは首をかしげた。この娘は、変なところはあるが、根は正直らしい。

「商売のことでな」

「若旦那が扱っている昆布の味がおかしいとか」

「ほう。そのことは、若旦那には話したのか？」

「まあね。小娘に昆布の味がわかるかって、笑ってたけど」

「それはどうかな」

詳しく訊こうとしたとき、餓舎のほうから、男が真っ青な顔で駆けて来た。

「た、大変だ」

男は、椀田の前でへなへなと座り込んだ。

「どうした？」

「向こうで武士が、殺されています」

「なに？」

「餓舎のなかで」

椀田は駆けつけた。餓舎の戸が一枚分だけ開いていて、そこからなかに入った。

血の臭いがこもっている。すぐに、ほかの戸も数枚開けた。暗かったなかに、光が入った。

真ん中に男が仰向けに倒れている。

あたりは血に染まっていた。それも半端な量ではない。小さな身体では、これほどの血は身体に貯め込めない。

ゆっくり死体に近づいた。

「なんと」

寺社方の小検使梶山文吾だった。

しかも、まるで食い破られたように、はらわたが飛び出していた。あの梶山が、こんな目に……。信じられないほど、むごたらしい遺体だった。

そのわきには血文字が書かれていた。

がしゃどくろ。

「なんてこった」

梶山の人差し指に、血がついているのが見えた。三陸屋の耕作と同じ死に方だった。

「誰だい、餓舎髑髏なんかいないって言ったのは」

後ろでそう言ったのは、おかよだった。

第五章　野ざらしの骨が来た

一

三陸屋については土久呂凶四郎、常信寺については椀田豪蔵が調べているが、旗本の高瀬進右衛門の家については宮尾玄四郎が担当している。

「まあ、宮尾がいちばん苦労するだろうが、頑張ってみてくれ」

と、根岸からも言われた。

相手は旗本である。

宮尾は、同じ旗本の根岸家の家来に過ぎない。

あるじを調べるようなもので、調べるというよりは、お訊きするという感じになってしまう。

しかも、直接、訊ければまだいいが、相手はいまだ閉門中である。高瀬家のなかに入ることすらできない。

お目付の人たちですら、なかなか入れないらしい。

——どうやって調べるんだよ。

と、愚痴《ぐち》りたくなる。

「そこは、そなたの才覚というものだろうな」

根岸の目はそう言っていた。

屋敷に入れないなら、周囲をぐるぐる回るしかない。

なにか、噂でも拾えないものか。噂には、幾分かの真実が紛れ込んでいる。

魚屋が出入りはしていたというので、ようすを訊いても、

「あすこは、あまり気軽に接してくれるところじゃなくて、たいがいお藤さんというお女中が、欲しいものを告げて、持って行くと、代金をくれるだけでしてね。屋敷のなか？　いいえ、あそこは裏門はありませんが、門を入ると、ずうっと勝手口のほうに行きまして、その戸口のところで立ち話です。なかになんざ、入ったことはありません」

と言うだけである。八百屋も出入りしていたが、屋敷内でけっこう野菜をつくっていたみたいで、魚屋よりも出入りの回数は少なかったらしい。
二、三日、周囲の店をずいぶん訊き回ったが、高瀬家の噂はほとんど拾えなかった。

三陸屋の悲劇については、巷でずいぶん噂になった。だが、それが高瀬家とはほとんどつながっていない。

三陸屋の店の者も、見たのはせいぜい蔵までで、その先のことは知らない。しかも、武家のことを噂にするのは、さすがにはばかられるのだろう。

——このまま、高瀬家のことは忘れられていくのか。

そんな気配すらあった。

だが、まだまだ手づるは残っている。宮尾は、見た目こそすっきりしているが、仕事となると意外に棘《とげ》の生えたヘビみたいにしつこいのだ。

高瀬家の近くから奉行所にもどろうとしたとき、雨傘屋と出くわした。

「よう、大変な仕事をしているらしいな。御前から聞いたぜ」

と、宮尾は声をかけた。

雨傘屋は、誰なのか特定できなかった七人分の骨を丁寧に洗って、一つずつ並べ、生き残った者から聞いた亡くなった者の特徴と詳しく照合し、なんとか全員を特定しようとしているらしい。

「いや、ほんとに大変です。なんで、ああまで遺体を切り刻まなくちゃならなかったんでしょうか」

雨傘屋は、うんざりした顔で言った。

「まったくだ。だが、御前は、それにも意味があると考えているみたいだな」

「そうなのです。あっしも、誰が誰かを、わざとわからなくしたのだと思えてきました。でなければ、顔を剝《は》いで、切り刻むなんてことまでは……。だからこそ、あっしもなんとしても特定したいのです。ただ、ずうっと骨ばかり見てると、骨がつぶやいているみたいな気がしてきました。早く、おれが誰だか当ててくれって言ってるみたいで」

雨傘屋は、怯えた顔で、ふいに後ろを見た。まるで、後ろから誰かが追いかけて来たみたいである。

「おい、大丈夫か？」

宮尾は心配して訊いた。

「いや、ほんとに骨は語っているんですよ。でも、あっしには、その言葉がわからないんですよ」

雨傘屋はそう言って、額を手のひらでばしばしと叩いた。異様なふるまいである。

「おい、雨傘屋。あんた、ちっと休んだほうがいいぞ。一日、骨のことを忘れて過ごしてみろよ」

「根岸さまからも、休みながらやれとは言われているんですが……」

雨傘屋は辛そうにうなずいた。ふだんはへらへらしているが、根は真面目な男なのだろう。

「そうだよ。気晴らしでまったく別のことをやるべきだ。あんた、なにか、道楽はないのか？　われを忘れて楽しめるようなものは？」

宮尾は親身になって言った。本当に、人間、あまり根を詰めて働き過ぎるのはよくないのだ、適当に気晴らしすることが、逆にいい仕事にもつながるはずである。

「道楽？」

「吉原か？」

宮尾はわざと冗談ぽく言った。

「いえ、そっちはあんまり。女は金をからませずに惚れたいもんで」

雨傘屋は、照れ臭そうに言った。

「なんでもいいんだよ。気晴らしになるなら」

「そういえば、最近、釣りをしてませんね。川っぷちに座って、ぼんやり浮きを眺めているだけで、気が晴れるんですけどね」

「釣りか。いいじゃねえか。行って来なよ。じつを言うと、おれたちの調べもずいぶん遅れていてな。あんたには、ちっと休んでもらったほうが、ありがたいくらいなんだ」

そこまで言ったのは、宮尾の思いやりである。

「そうですか。そう言ってもらえるんだったら、明日は一日、釣り糸を垂らして、気晴らしでもして来ますか」

ようやく雨傘屋の顔に笑みが浮かんだ。

「それがいいよ。そうしろ、そうしろ」

と、宮尾は何度も言った。

二

翌日――。

宮尾は、黒船町の菓子屋〈花見屋《はなみや》〉の娘のおせいを訪ねた。高瀬家で女中をしていた娘である。

花見屋は、繁盛している店で、〈ふくふく饅頭《まんじゆう》〉と、〈棒羊羹《ぼうようかん》〉という二大名物がある。宮尾はどちらも食べたことがある。ふくふく饅頭は、皮のところが分厚くて、いかにもふくふくしている。棒羊羹は、まさに棒みたいなかたちで、餡子《あんこ》を砂糖で固めている。うんざりするほど甘いのだが、一日、千本ほどは売れるらしい。

ここの二番目の娘であるおせいは、毎日、ふくふく饅頭に棒羊羹を突き刺して食べていたのではと疑いたくなるくらい、ぽっちゃりと肥えた、ほがらかな娘だった。

ただし、その笑顔は愛らしいが、虫歯だらけで、明らかに店の商品の食べ過ぎだった。

宮尾はまず、手代に声をかけて、おせいを外に呼び出してもらい、十手をちらりと見せ、

「高瀬家の家のことで訊きたいことがあってな」

と、告げると、

「高瀬さまの家のことですか？　三陸屋さんのことじゃなくて？　お隣だった三陸屋さんで、とんでもないことがあったみたいですね」

興味津々という顔で言った。

「うん、まあ、それもあって、高瀬家の詳しい事情を知りたいわけさ」

「そりゃあ、知ってることならなんでも答えますが、でも、あたし、あそこには四か月しかいなかったんですよお」

おせいは、饅頭でも含んでいるような、のんびりした声で言った。

「そうだったのかあ」

宮尾は、驚いたような調子で言った。

もちろん、驚いてなどいない。だが、若い娘から話を訊き出すには、こっちの感情を目一杯大袈裟《おおげさ》に表わすことがコツなのである。

「女中になったと思ったら馘《くび》ですからね。がっかりですよ」

「馘だったのかい？　逃げるみたいに辞めたって聞いたぜ？」

「うん、まあ、楽しいところじゃなかったですしね」

おせいは肩をすくめて言った。

「でも、おせいちゃんみたいなお嬢さまが、わざわざ女中なんかしなくてもよかったんじゃないか」

と、宮尾は言った。

「そうなんですけどね。ただ、お旗本のお屋敷で女中をやってたってなると、箔《はく》がつくんですよお」

「箔？」

「礼儀作法がきちんとして、お茶とかお花もできるみたいなあ」

おせいは金魚が滝を登ろうとするような、尻上がりの調子で答えた。

「高瀬家には、自分で行ったわけじゃないだろう？」

「違いますよ。用人をなさっていた山崎さまに、以前から、うちの菓子を買っていただいていて、うちの父に、いま、女中を探しているんだって話してたんです。たまたまそれをわきで聞いたもので、それならあたしがって」

「そうだったんだ。でも、入ったときは、お滝さまは亡くなっていた？」

四か月いたなら、お滝はまだ亡くなっていない。宮尾は知っていて訊いたのだ。若い娘には、知っていることでも、知らないふりして訊いたほうがいいのである。するとそんなことも知らないの？　というふうに、調子に乗って話してくれる。

「生きてましたよ。ぴょんぴょんしてましたよ」

「ぴょんぴょん？」

「ええ。まさか、あの歳で亡くなるなんて、びっくりですよねえ」

「いくつだったのだ？」

「あたしと同じです。十八でした」

「十八でな。死んだ理由は知っているのか？」

「………」

急に暗い顔になって俯いた。

「どうした？」

俯いていたのは、そう長いあいだではなく、

「あたしは何もわかりません。でも、おのぶさんは、斬られたのかもしれないって」

と、瓦版の記事でも伝えるような調子で言った。

「なぜ？」

「お滝さまの部屋に血の跡があったらしいんです」

「斬られたとしたら、誰に？」

「あの家に武士は三人しかいません。そんなことがやれるとしたら、お殿さまだけでしょうよ」

高瀬が妹を斬ったというのは、やはり事実らしい。肝心なのは、その理由である。

「そんなそぶりはあったのかい？」

「わかりませんでした。あたしたちがいるところと、奥の部屋はずいぶん離れていて、お掃除のときに行くだけでしたから。あっちで、何があってもわからないんですよね」

「それで、あんたたちは用人や若侍といっしょに、あそこを辞めさせられたけど、理由は言われたのかい？」

「いいえ。あたしは用人の山崎さまから言われただけで、理由はとくに言われなかったです。でも、たぶん、お滝さまのことが関係しているんだろうなとは思いました」

「お滝さまというのは、どういう人だった？」

宮尾はさらに訊いた。

「甘いものが好きで、あたしが花見屋の娘だって言ったら、喜んじゃって」

「まるで明るい娘みたいではないか？」

「明るい人でしたよ。あたしが入ったばかりのころは。でも、急に沈みがちになって、まもなく亡くなったというでしょ。もう、唖然《あぜん》ですよ」

「おのぶとは、そのことで、いろいろ話はしなかったのか？」

「おのぶさんとは、それほど親しくはなかったんですよね。真面目過ぎる人みたいで。どっちかといえば、おのぶさんより、お藤さんのほうが気が合いましたけどね」

「お藤は、お滝さまの死については何か言っていたか？」

「いいえ。とくには」

「お滝さまは、隣の三陸屋の若旦那に懸想していたと聞いたのだがな」

高瀬進右衛門が言っていたことである。

「え、そうなんですか？」

「知らなかったか？」

「初めて聞きました。まさかぁ」

「なぜ？」

「だって、お滝さまはほとんど外にはお出にならないし。え？　三陸屋の若旦那？　あたしもその人は知りません」

やはり、この話も無理がある。だが、なぜ、三陸屋の若旦那など持ち出したのか？　二人には、何かほかにつながりでもあるのだろうか？

「お滝さまと歌舞伎の話をすることはなかったかい？」

「あ、一度だけしたことがあるかな」

「どんな話だ？」

「歌舞伎って面白いの？　って訊かれたんです。観たことがないので、観てみたいとおっしゃってました」

「観たことがないのか？　中村炎之助という役者の話は？」

「あの気がふれた役者ですか？　あれはちょっと変な人が贔屓《ひいき》にするけど、お滝さまが好きになる役者じゃなかったですよ」

おせい自身は、けっこう芝居好きらしい。

「やはり、そうか」

お滝が、中村炎之助と不貞をという話のほうも、やはりどう考えてもおかしい。

「若侍の須田が亡くなったのは知ってるかい？」

「そうなんですか」

おせいは目を丸くした。

「お藤がそう言ってたぜ」

「ああ、お藤さんは、須田さんのお父上と知り合いだと言ってましたからね」

「そうだったのか。ところで、高瀬進右衛門という人は、どんなお人なんだい？」

「さあ。ほとんどお話ししたことはなかったです。たまに御用を言いつけられるときも、あまりこちらを見て話すことはなかったので」

「そうなのか？」

「ずいぶん内気な方なのだと思ってました」

「そうか。いや、いろいろ訊いて悪かったな」

と、宮尾が帰ろうとすると、

「あの、お名前は？」

「うん。宮尾玄四郎というんだ」

「意外でした」

「なにが？」

「町方にも、こんな素敵な人がいるんだって」

あまり照れたようすもなく言った。そういうことは言い慣れているのだろう。

「町方といっても、わたしは同心じゃないんだ。お奉行の家来でな。陪臣というやつだよ。まったく偉くないんだ」

「それだけ素敵だったら、偉くなくていいですよ」

「そうかね。嬉しいねえ」

と、宮尾は調子がいい。

「また、来てくださいよ」

宮尾はうなずきながら、

「それより、ちゃんと、歯、磨いたほうがいいぞ」

とは、胸のうちで言った。

三

次に、馬喰町の裏長屋に住むおのぶの家を訪ねた。場所は、番屋で訊くとすぐにわかった。

番太郎にあらかじめ訊いておいたところでは――。

もともと母親と二人暮らしで、母親の内職仕事をおのぶも手伝っていたが、それでは食うのもやっとである。旗本の屋敷に女中に入れば、内職の三倍以上の給金はもらえるし、ほかに役得もいっぱいあるというので、高瀬家に入ったらしい。

長屋は粗末な造りだった。だが、鉢植えが多く、それらはどれもきちんと手入れがなされ、この長屋の住人たちの、貧しいがしっかりした暮らしの営みを感じさせた。

「ごめん」

と、宮尾は外から声をかけた。

入口の戸は開いていて、なかにいた母と娘がこっちを見た。二人とも、針仕事をしているところだった。

「おのぶさんだね？」

娘のほうに声をかけた。

「はい」

歳はおせいより五、六歳は上ではないか。眉も落としておらず、鉄漿《おはぐろ》もしていないので、独り身に違いない。

「わたしは、町方の者で、宮尾というんだが」

と、宮尾はちらりと十手を見せ、

「ちっと、あんたがこのあいだまで勤めた高瀬家のことを訊きたいんだがね」

そう声をかけると、

「え」

おのぶの表情に怯えが走った。

「どうした？　嫌なのか？　口止めでもされてたかい？」

宮尾はやさしく訊いた。

「とくに口止めということはありませんが、話を訊くことは高瀬進右衛門さまも、ご存じなのですか？」

「いや、高瀬さまには、断わってはいないけど」

「だったら、あたしからは何も」

と、おのぶは俯いた。急に殻に入ってしまったみたいである。

「これは、おせいちゃんの店で買って来たんだけどさ」

宮尾は手土産を出した。ふくふく饅頭と、棒羊羹の二つの包みである。ここに持って来るつもりで購《あがな》ったのだ。

「まあまあ、こんなに」

母親のほうが嬉しそうな声を上げ、

「あんた、なんでも話して差しあげたら」

と、おのぶを促した。甘いものは歯も溶かすけど、おばちゃんの心も溶かすのである。

「じゃあ、外に行きましょう」

おのぶは長屋を出て、浜町堀《はまちょうぼり》に架かる緑橋のたもとまで宮尾を連れ出し、

「おせいちゃんのところにも行かれたんですか？」

と、訊いた。

「うん。でも、おせいちゃんは四か月しかいなかったらしいね」

「はい、そうです」

「あんたはどれくらいいたんだい？」

「あたしは三年近くいました」

その言い方は、長い三年間だったというふうに感じられた。

「逃げるように辞めたという人もいるんだけど、おのぶちゃんは自分から辞めたわけじゃないんだろう？」

「はい。暇を出されたんですよ。でも、ホッとした気持ちもあったかもしれません」

「暇を出されたのは、なぜだい？」

「さあ」

おのぶは首をかしげた。本当に知らないというよりは、薄々わかってはいるが、確信はないといった感じである。

「おせいちゃんは、お滝さまが亡くなったからじゃないかと言ってたがね」

「あの人もそう言ってましたか。わたしも、そうだったのかなとは思っています」

「でも、亡くなったからといって、それまで働いてくれた者のほとんどに暇を出すなんておかしいよな」

「お滝さまは斬られて亡くなったそうじゃないか」

「ええ」

「おせいちゃんが言ったんですか？」

「おのぶさんがそう言ってたって」

「あたしは知りませんよ」

おのぶは怒ったように言った。

「血の跡があったんだろう？」

「跡はありましたが、詳しくはほんとに知らないんです。そのことは、あたしよりも、山崎三五郎さまや、須田金右衛門さんにお訊きしてもらったほうがわかると思います」

おのぶはそう言って、長屋に帰ろうとした。

「もう少しだけ教えてくれ。お滝さまが、三陸屋の若旦那に懸想していたという話は聞いたことがあるかい？」

「そうなんですか？」

おのぶは目を見開いた。意外だったらしい。

「という話も聞いたんだ。おせいちゃんからじゃないぜ」

「いいえ、あたしもそれは知りませんでした」

「知り合う機会はあったのかな？」

「そういえば、一度だけ、若旦那がお屋敷を訪ねて来たことが」

「何の用で？」

「さあ。確か、ご近所付き合いのことでと言ったような」

「近所付き合い？」

「そのとき、もしかしたらお滝さまがご挨拶くらいはなさったかもしれません」

「三陸屋の若旦那はたいそう女にもてたらしいからな。お滝さまも、ひそかに胸が高鳴るようなことはあったかもな？」

　宮尾の話はむろん当てずっぽうである。

「お滝さまはどうでしょう。あまりチャラチャラした男は嫌いだとおっしゃったこともありましたよ」

「そうなのか」

「あたしは田舎ののんびりしたところにお嫁に行きたいとは、何度かおっしゃってましたね」

「ほう」

「いい方でしたよ」

　おのぶは、しみじみとした調子で言った。

「そんないい方を、兄が斬るというのは、どういうわけだ？」

宮尾は再び訊いた。

「だから、あたしはまったくわかりません。山崎さまと須田さまにお訊きしてください」

「生憎《あいにく》だが、山崎は行方知れずで、須田は殺されちまったよ」

「殺された？　ええっ」

おのぶの顔が真っ青になった。恐怖がこみ上げてきたらしい。

宮尾は話したことを後悔し、

「大丈夫だ。あんたたちが何かされるわけはないよ」

「いいえ。あたし、やはり何も言いたくありません」

そう言うと、いきなり踵《きびす》を返して逃げてしまった。もはや何を訊いても、答えそうになかった。


一度、高瀬家を見てからもどろうと、三陸屋のところまで来ると、ちょうど土久呂凶四郎が出て来たところだった。

「よう、どうだい、調べは？」

「いやあ、思ったようには進まないよ。でも、あんたのところはもっと大変だろう？」

「なんせ、入れないんだから。そこに」

と、高瀬家を顎でしゃくった。

「だよな」

「ところで、雨傘屋は来てたかい？」

「いや。今日は休んでたよ。一日、のんびりさせてくれと言ってたそうだ。無理もねえや。毎日、骨ばっかり見てるんだから」

「そうか、休んでるか」

雨傘屋が川べりで糸を垂れている姿が目に浮かぶ。

宮尾も少しホッとしたのだった。

四

その次の日——。

岡っ引きの神田の辰五郎《たつごろう》から、夜道で斬られたという元家来の須田金右衛門の家がわかったと連絡が来た。その調べは、根岸から辰五郎に依頼してあった。

本所相生町《ほんじょあいおいちょう》に向かった。

竪川《たてかわ》沿いの道から路地を入った奥。小さな二階建ての一軒家が、須田の実家だった。

「ここで、次の奉公先を探しているところだったみたいです」

と、辰五郎は律儀な口調で言った。しめの娘婿にあたり、しめは最初、この辰五郎に頼んで、捕物の手伝いを始めるうち、独特の才能が目覚めたらしい。辰五郎のほうは、しめのような素っ頓狂なところはなく、ひたすら真面目一方の岡っ引きである。

「殺された場所は？」

「一ッ目橋の近くだったそうです」

ここからは遠くない。

「それと、お父上がけっこうな歳で、耳が遠いせいもあるのか、ちとぼんやりしてましてね。詳しい話は聞けないかもしれません」

「ははあ」

家を訪ねると、確かに須田の父親は、ぼんやりどころか、ほとんど反応がないに等しい。こちらが名乗っても、返事すらせず、二階に上がってしまった。

幸い、飯炊きに来てるという近所のおかみさんがいて、多少の事情は知っていた。

「旦那さまは、ここで一人暮らしなのか？」

「ええ。ただ、亡くなった金右衛門さんのほかに、もう一人、近くの旗本屋敷に勤める洋右衛門《ようえもん》さんというお兄さんがいて、ときおりようすを見に来られます。旦那さまも、あまりお話はされませんが、身体はお丈夫で、たいがいのことは一人でやれますから」

「そうなのか」

言っている矢先に、あるじは桶と手ぬぐいを持ち、二階から下りて来た。湯に行くつもりらしい。湯と間違えて釣り堀に浸ったりはしないのだろうか。宮尾はそれを見送って、

「倅の奇禍についてはわかっているのか?」

と、おかみさんに訊いた。

「陪臣勤めは厳しいのうとは、おっしゃってましたが」

わかったけれど、ピンと来ていないのかもしれない。

「葬儀は済ませたのかい?」

と、宮尾はさらに訊いた。

部屋に位牌は見当たらない。

「ええ、いちおうお寺に納めたみたいです。ただ、金右衛門さんはときどき修行に励むところがあって、そこがわかればそっちに入れたのだがと、お兄さまはおっしゃってました」

修行とはなんだったのだろう。

「弔問には誰か？」

「近所の者が数人と、あとは見知らぬお侍が一人だけ来られました」

「若い者か？」

「いえ。四十くらいの真面目そうなお人でした」

「名乗らなかったのか？」

「ええ。ただ、お線香を上げただけで、急いで帰って行きました」

たぶん山崎三五郎だろう。

「住まいなども言ってないか」

宮尾は期待せずに訊いてみると、

「ええ。ただ、お近くにお住まいかも」

と、おかみさんは言った。

「なぜ？」

「あの日は雨になったのです。ざあざあ降りではなかったですが、しばらく歩いたらびっしょりになるくらいでした。でも、あの方は傘をささず、手ぬぐいをかぶっただけで来てましたから。それでもあまり濡れてなかったです」

「なるほど」

だが、近くというだけで捜すのは難しいだろう。おそらく山崎は逃げている。どこかに隠れているのだ。番屋に名前を提出したりもしていない。ひっそりと、誰かのところに転がり込んだのだ。

——さて、どうやって捜し出すか……。

その方法は思いつかない。

五

本所相生町から、浅草橋近くの高瀬家の屋敷近くにもどって来ると、三陸屋の前あたりに、女岡っ引きのしめがいた。

しめは宮尾を見ると駆け寄って来て、

「宮尾さま。お手伝いできずにいて、すみませんでした」

と、頭を下げた。

「おう、しめさん、動けるようになったかい?」

しめには、男には真似のできない独特の才能がある。とくに宮尾と椀田の二人は、ずいぶんしめに助けられてきたのだ。

「大丈夫です。怖さを克服しましたから」

「どうやって克服したんだい?」

「なんて言いますか、あたしが見て胆をつぶしたのは、つまり、血と肉と骨ですよね」

「そうだな」

「どれも、人間なら誰だってあるものじゃないですか」

「そりゃ、そうだ」

ついでに言えば、皮と毛もある。

「だったら、怖いもんじゃない。そう思って、毎日、自分の手足を撫でて、骨を確かめたり、針で刺して、血を出してみたりしたんです。血がたらぁり、たらぁり……」

「おい、しめさん。あんたのほうが怖いぞ」

宮尾は本気で言った。

「そうですか。でも、おかげさまで、納得が行きました。血と肉と骨が怖いんじゃない。人を殺して、あんなふうにしたやつの心根が怖いんだって」

「悟りだな、それは。たいしたもんだ。しめさんを拝みたいよ」

宮尾は絶賛した。だいぶお世辞も入っているが、

「ですよね」

しめは謙遜などせず、歌舞伎役者が見得を切るように、首をぐりっと回した。

「それはそうと、しめさんに頼みたいことがある」

と、宮尾は言った。

「なんですか？」

「この屋敷にいる女中のお藤と話がしたいんだが、見ての通り、まだ閉門中だ。なんとか連れ出してもらえないかな」

「わかりました」

「どうやって連れ出すんだ？」

「そりゃあ、呼ぶしかないでしょ」

しめはそう言うと、高瀬家の門を手のひらでばんばん叩き、

「お藤さん。ちょいと、出て来てくださいよ。お藤さん！」

大声で怒鳴り始めた。

近所中に聞こえる大声である。宮尾にはとてもじゃないが、あんな大声は出せない。ほとんど大晦日の借金取りである。みっともなくてしょうがない。現に、道を通り過ぎる者たちは、「どうしたんだ？」という顔で、眺めて通り過ぎて行く。

「しめさん。もう、いいよ」

と、宮尾がやめさせようとしたとき、門の向こうに人影が見えた。

「なんだい？　町中に聞こえる声であたしを呼んだりして。はいはい、いるよ、あ

たしは。いま開けるから、そんな大きな声を上げるのはやめとくれ」

お藤が出て来たらしい。

なるほど大声で呼ぶというのは、どんな小細工にもまさる方法のようだった。

「なんですか？」

お藤の問いに、

「お藤さん。ちょっ、ちょっ、ちょっと、こっちに来て。いいから、いいから、大事な話。あんたじゃないと埒《らち》が明かないんだって。来て、来て」

しめは、浅草寺の境内にいる香具師《やし》のような口調と手つきで、お藤を門から外へ引っ張り出した。

「この前は、どうも」

そこへ宮尾が声をかけた。

宮尾は奉行所でも評判の美男である。いまは駿河台の根岸家にもどってしまった坂巻弥三郎《さかまきやさぶろう》も美男で人気があったが、坂巻は嫁をもらってしまったので、宮尾人気が俄然高まっている。若い娘に好かれるのはもちろんだが、四十前後の女は宮尾を見ると、なぜか必ず、小さく、

「あら」

と言う。この「あら」の意味はよくわからないが、同時にぽっと顔を赤らめる。

そして、決して自分のほうから立ち去ろうとはしない。

「この前も会ったね」

と、宮尾は柔らかく微笑んで言った。

「ああ、はい。いらしてましたね」

お藤はちゃんと覚えていたらしい。たぶん、椀田のことは覚えていない。

「いま、高瀬さまはどんなふうに過ごしているんだい？」

「静かにお暮らしですよ」

「何かしらはしているだろう？」

「そうですね、仏壇の前で拝むのと、剣術の修行と」

「外にはまったく出ていないのかい？」

「餓舎髑髏と戦ってからは、出ておられないと思います」

だが、三陸屋同様に、ここも秘密の出入り口がないとも限らないのだ。

「屋敷はずたずたに破壊されただろう。修理とかしていないのかい？」

「あそこは、いちばん奥のほうですからね。もともと使ってなかったので、そのままになってますよ」

「閉門を解こうという気はないのかな？」

「おそらくお滝さまの一周忌が来るまで、このようになさっているおつもりではないでしょうか」

「お藤さんと、何か話をしたりということは？」

「いえ。だいたいお殿さまは無口で、昔から、あたしのような者とおしゃべりなどはしませんでしたから」

「そうなのか。でも、あんた一人で世話をするのは大変だろう？」

「いえ。新しく中間を雇いましたので、いろんな用事を手伝ってもらっています」

「中間を？」

それはおかしな話である。宮尾は首をかしげ、
と、訊いた。

「外にも出ていないのに、どうやって雇ったんだい？」

「前々から話は決まっていたみたいですよ。四、五日前にいきなり訪ねて来たんです」

「そうなのか。ところで、山崎三五郎なんだが、須田金右衛門の葬儀には、ちらっと顔を出したそうだよ」

「そうでしたか。あたしも一度、お線香を上げに行きたいんですが、もうちょっと落ち着いてからですね」

と、お藤は言った。

「山崎の居場所だが、何か手がかりになるようなことは知らないかい？　なんとしても捜し出したいんだよ」

「居場所はわかりませんが、もしかしたら、山崎さまは、お子さんがおられたかもしれません」

「子どもが？」

「掃除をしてたとき、お殿さまが子どもの時分に使っていた玩具が出てきたのです。それを持って出かけられたことがありました。それと、甘いものを持って、出たこともあります。もしかしたらと思ったのです」

「その勘は当たってるな」

宮尾はうなずいた。須田の家のある本所相生町の近く。そして、子どものいる家。それだけで、見つけられるだろうか。

「助かった。じゃあ、また、何か尋ねることがあるかもしれないが」

宮尾がそう言うと、お藤はしめをちらっと見て、

「今度は、直接、お声かけください」

そう言って、なかへもどって行った。

六

「なんか、あいつ、感じ悪いですよね」

しめが不貞腐《ふてくさ》れている。

「いや。しめさんのおかげで、いい話が聞けたよ。ほんと、やっぱりしめさんは、なくてはならない人だよ」

「そうですかねえ。ただ、あたしが動き出したら、今度は雨傘屋が動けなくなっちまったんですよ」

「雨傘屋が？　どうしたんだ？」

一日、釣りを楽しんで、気晴らしができたのではないのか。今日あたりは、てっきり張り切って仕事にもどっていると思っていた。

「昨日は、ひさしぶりに休みにして、神田川に釣りに行ったんですよ。あれが以前見つけた穴場があるんだそうです」

「ああ。わたしも釣りを勧めたんだよ」

「そうですか。でも、釣りをしていると、足元に人の骨が転がっていたというんです」

「なんてこった」

「間違いなく、人骨、野ざらしの骨だったそうです。雨傘屋は、おれは、骨にとりつかれたのかと、がっかりしたんだそうです。でも、これも何かの思し召《おぼめ》しかと考え直しましてね」

「うん、それで？」

「供養をしてやろうと、おむすびを供え、ふくべに飲み残しの酒があったので、これをかけてやり、南無阿弥陀仏と、手を合わせて帰って来たんです」

「まさか、若い女の幽霊がやって来たとかいうのか？」

と、宮尾は訊いた。そういう落語を聞いたことがある。

「そうじゃないんです」

「幇間《ほうかん》が来たのか？」

「幇間でもないんです。骨がそのままでやって来たんですよ」

それも落語で聞いた。

「骨がそのまま？」

「あいつが寝泊まりしてるうちの隠居部屋の入口のところに、ぽろっと置かれてあったんです。あたしも見ましたが、背筋がぞおーっとしました」

また、しめは大袈裟に騒いで、雨傘屋の恐怖をかき立てたのではないか。しめは、人一倍図々しいくせに、怪談話には弱いのだ。

「そりゃあ、不思議だな」

「雨傘屋はその骨を見た途端、瘧《おこり》が始まったみたいに、ぶるぶるっと震え、うぅぅ唸り出しまして、熱まで出てきました。今日は起きられなくて、蒲団にくるまって寝てるんですが」

「そりゃあ、心配だな」

宮尾もずいぶん釣りに行けと勧めたので責任も感じてしまう。

「それも、餓舎髑髏の一種ですかね」

「おい、しめさんまでそんなこと言うなよ」

「でも、奇妙でしょう。そういうことってあるのか、お奉行さまに訊いといてもらえませんか。あたしは、早めに帰って面倒をみますので」

「そうするよ」

宮尾が奉行所にもどると、裏の私邸のほうで根岸と椀田が、一枚の書面を前に、考え込んでいた。将棋の名人と囲碁の名人の対局みたいに、真剣な顔である。

宮尾は邪魔しては悪いと離れて座ったが、やはり気になって、

「御前。なにかあったので？」

と、訊いてしまった。

「うむ。いいものが見つかったのだ」

根岸は飛車と角をいっぺんに取ったみたいに、嬉しそうに言った。

「いいもの？」

「寺社方の梶山文吾という者が、雲快を探っている途中で亡くなったのだがな」

「はい。聞きました」

腹が食い破られたようになっていたらしい。

「寺社方の机に梶山が残した覚書が見つかったのだ。これは、その写しだがな」

と、根岸は三枚ほどの紙をひらひらさせた。

宮尾はにじり寄って、その紙を見た。

「ははあ」

かなりの達筆で、読めない字もいっぱいある。平仮名が多いみたいだが、崩されると漢字よりも読みにくくなる。しかも、これを見ながらいろいろ考えごとをしたらしく、結びつきを示す線が入っていたり、消してあるところがあったりで、かなり見にくい。ゴミ溜めから、まだ食べられるものを探すみたいである。

「これは大変ですね」

「うむ。だが、梶山は相当突っ込んで調べ上げたみたいでな。じっさい、あと四、五日で雲快を追い詰めるところまで行っていたらしい」

「そうでしたか」

「これがちゃんと解読できたら、完全に常信寺と雲快の悪事の全貌が見えてくるはずなのだ」

根岸はそう言って、ふたたび椀田とともに、覚書の解読に入った。

「これは、せんば、だろうな」

「そうですね。それで、これは、えどや、ではないですか」

「そうだな。船場の江戸屋だ」

「店の名でしょうね」

「うむ。船場といったら、大坂の商業の中心地だ。下手したら、江戸の日本橋をもしのぐほどだ」

「ええ。わたしも大坂に行ったとき、見てきました。長堀川《ながほりがわ》とか土佐堀川《とさぼりがわ》とかに囲まれて、多くの船も行き交ってました」

「江戸屋というのは大店なのだろう。だとすると、いろいろ探る手立てはあるわな」

根岸はにんまりとした。

「お奉行。ここに、怪しげな三人、雲快を訪問、とあります」

「うむ。そういう者たちに見覚えはあるか？」

「いや、わたしは見ておりません」

「どこから来たのかな」

「大坂ですか？」

「たぶんな」

「大坂というと、確か常信寺の本寺もありますね」

「本寺は、平野《ひらの》の全興寺《せんこうじ》という有名な寺だそうじゃ」

「そこが悪事につながるので？」

「それはどうかな。雲快の正体がわからないからな」

二人は、一つずつの言葉の意味を、ああでもないこうでもないと、確かめ合ったりしている。

宮尾は、二人の話が一段落するまで待った。

七

ようやく、椀田が出て行ったところで、

「じつは、御前にお訊ねしたいことが」

と、野ざらしの骨の話をした。

「野ざらしの骨が付いて来たのか。あっはっは、雨傘屋はそんなことで、寝ついてしまったのか」

　根岸は笑った。

「だが、雨傘屋が寝込んだら、しばらく骨の区分けも難しいかもしれません」

「なんだな。どれ、わしが見舞ってやろう」

「御前が？　わざわざ？」

　宮尾は驚いた。忙しい根岸が、下《した》っ引《ぴ》きを見舞うというのだ。

　だが、根岸はすでに立ち上がっている。

「ああ。あいつが頑張ってくれぬと、いちばん肝心なところが、明らかにならないかもしれないのだ」


　しめの家は、内神田の白壁町《しらかべちょう》にある。娘婿の辰五郎の家が、同じ内神田の皆川町《みながわちょう》なので、始終、行ったり来たりしている。

　根岸は奉行所の舟を出すことにした。なにせ忙しい身で、一刻も無駄にはできない。お濠から竜閑川《りゅうかんがわ》に入って、今川橋《いまがわばし》のたもとで降りた。宮尾と椀田を伴っている。

　倅がやっている筆屋の隣が、新しく買い足したしめの家だが、同じ屋根の下に若い男を住まわせていると、

「変な噂が立つかもしれない」

と、誰かに疑われるようなことを心配し、雨傘屋は筆屋の隠居部屋のほうで寝起きをさせている。

その隠居部屋を訪ねると、

「お奉行さま！」

看病していたしめは驚き、

「これは」

雨傘屋も慌てて起き直った。その素早さは、本当の病人の動きではない。

「なんだ、雨傘屋。お前らしくもない。野ざらしの骨ごときで、何を打ちのめされて寝込んだりしているのだ。疲れているのもわかるが、お前ならすぐに見破ることができたはずだろうが」

と、根岸は言った。

「見破る？　はて、なんでしょう？」

「そなた、おむすびを供えたのだよな」

「はい」

「近くに犬がいたのだ」

と、根岸は雨傘屋を見つめて、息でも吹きかけるみたいに言った。

「犬が？」

雨傘屋はぽかんと口を開けた。

「犬はまたそのおむすびをもらえると思い、骨を咥《くわ》え、そなたの跡を追ったのさ」

「あ、そういえば、犬、来てました。ここらじゃ見ない、黒っぽい犬でした」

と、しめが言った。

「その犬をどうした？」

「追い払いましたよ。逃げて行きました」

「そのとき、骨も置いていったのだろうが」

根岸がそう言うと、

「あっはっはっは」

雨傘屋は手を叩いて笑った。

「ほんとだ。根岸さまは凄い。あっしは大馬鹿だ。犬だ。犬しか考えられねえ。あっはっは」

雨傘屋は身をよじり、転げ回って笑った。

「雨傘屋。納得したなら、つづきを進めてくれるな。そなたの骨の区分けが、真実を明らかにするうえで、重要なカギを握るのだぞ」

根岸がそう言うと、

「わかりました。早速向かいます」

雨傘屋は跳び起き、三陸屋の蔵に向かったのだった。

八

雨傘屋は安心したら、頭のなかもすっきりしたらしく、新たな骨の見方まで思いついたらしい。

「そうだよ。背丈ばっかり気にしてても駄目なんだ」

いままでは、骨から背丈を推定しようとして、店の者から詳しく話を聞いていた、「誰が誰より背が高い」という視点から、七人を特定しようとしてきたのだ。

それが間違いだと気づいた。

「だって、背丈は、姿勢でもずいぶん違ってくるんだよな。さらに下駄と草履の履物でも違うし、あるじと話す手代は、身が縮こまってしまったりもする。態度ので かいやつは大きく見えるし、おとなしいやつは小さく見える。見た目だけじゃ、ほんとの背丈はわからねえんだ」

それから、雨傘屋はポンと手を打ち、

「頭のかたちは大事だぞ。髷《まげ》にごまかされずにな。それと歩き方からもわかりそうだ」

と、言った。

店の者にそれぞれの足の速さについて追加の質問をし、さらに過去の怪我などについても訊ねた。

「手代の大助《だいすけ》は、凄く足が速かったらしい。この骨は、長いぞ。この長さだったら、足だって速かったに違いないな。おっと、これは腕の骨にコブみたいなふくらみがある。これは、骨折が治った跡なんだ。なになに、旦那は二年前に桟橋から落ちて、腕を折ったんだって？　だったら、これが旦那の壱右衛門か」

雨傘屋は、独り言をつぶやきながら、淡々と照合をつづけた。

「おい、これは刀傷じゃねえのか。お店者に刀傷？　こいつはいってえ、何者なんだ？」

などという声も聞こえた。

そして、一刻（二時間）後——。

とうとう、

「やった。ついに、七人を特定したぞ」

と、声を上げた。

雨傘屋はすでに南町奉行所にもどっている根岸を訪ねた。

「お奉行さま。残りの七人もすべて特定できました」

奉行所の廊下から、雨傘屋は手をついて報告した。

「やったか。そんなところでなく、なかへ入れ」

「ははっ」

雨傘屋は、奉行の執務をする部屋へと入った。なかには、土久呂凶四郎と椀田豪蔵が来ていて、ちょうど根岸への報告を終えたところのようだった。

「特定はしましたが、二つほど新たな謎が浮かびました」

と、雨傘屋は言った。

「なんだ？」

「まず、七人のなかに、店の者ではない三人がいます」

「三人か」

「つまり、あのとき、外部の者が三陸屋のなかにいたのですね」

雨傘屋がそう言うと、わきにいた椀田が、

「お奉行。梶山の覚書にあった怪しげな三人が気になりますね」

と、言った。

「そうじゃな。それで？」

根岸は雨傘屋に先を促した。

「どうやら、とばっちりで巻き込まれたのか、いっしょに殺されて切り刻まれたようです」

「巻き込まれたのかな」

と、根岸は首をかしげた。

「と、おっしゃいますと？」

「そやつらが、押し込みとして店に侵入した。無論、手引きした者はいた。だが、結局は皆、まとめて始末されてしまった。そう考えたほうがよいのではないか。どうも、まとめて始末するというのが、この悪党のやり口みたいだしな」

「確かに」

椀田はうなずいた。

「それで、雨傘屋、もう一つというのは？」

根岸は訊いた。

「不思議なのですが、若旦那と合う骨がないのです」

「ほう」

「若旦那は消えたのです。ただ、それで数は合います。誰かわからぬ者が三人入り、若旦那がいないので、計十二人分の骨が見つかったのです」

「面白いのう」

と、根岸が微笑むと、

「まさか……」

　わきに控えていた凶四郎がつぶやいた。

「どうかしたか、土久呂？」

　根岸が訊いた。

「あ、はい。じつは、おいらの顔なじみに、瓦版屋の重吉というのがいるんですが」

「ああ。面白い瓦版をつくる男だろう。三井などが支援しているやつだ」

　根岸は知っていた。

「そうです。あいつが、三陸屋のおかよに目をつけていまして、若旦那と密通していたとは、最初にあいつから聞いたんです」

「そうか」

「それで、おかよが、若旦那はまだ生きているみたいなことを言って」

「それは雲快のでたらめ説教を信じたのだ」

　椀田が凶四郎に言った。

「うん。それもあるだろう。ただ、そのあと重吉に聞いた話によると、どうやらおかよのところに書付が届いたんだそうです。それをのぞき見したという手代から、重吉が聞き込んだらしいんですが」

「婿はもらわず。しばらく待て。約束は守る。せの字——と。それだけ書いてあったそうです。じつは、せの字というのは、おかよとのあいだで決めた若旦那の綽名みたいなものだったそうです。ただの悪戯《いたずら》かと思っていたのですが」

凶四郎が報告しなかったことを悔やむように顔をしかめた。

「うんうん、ますます面白いのう」

根岸は、だいぶ全体が見えてきたらしい。

「どんな書付だ?」

九

翌日——。

宮尾は花見屋のおせいを誘い出した。

「いい天気だから、川のあたりをそぞろ歩きでもどうかと思ってな」

「まあ、嬉しい」

宮尾が誘うと、女はまず断わらない。

両国橋を渡った。初夏の川風が心地よい。ツバメが何羽も橋の下をくぐって飛び交っている。橋桁に巣でもこしらえたのだろうか。

渡り終えて、東詰《ひがしづめ》の広小路に来た。こちらは西詰《にしづめ》より、子ども連れが多い。

「そこの水茶屋に入ろう」

広小路に面した水茶屋を指差した。

「はい」

「何でも好きなものを頼んでいいぜ」

「ここ、うちの棒羊羹を置いてます」

おせいは嬉しそうに言った。

「食いたいのか？」

「だって、好きなんだもの」

自分の家の商品を、外でも食いたいというのだから、たいしたものである。

おせいは、棒羊羹を食べながら、宮尾と話がしたそうにするのを、

「おせい。人を見よう」

と、広小路をずうっと左から右に指で指し示した。

「人ですか？」

「とくに子ども連れをな。父親が幼い子どもを連れて歩いているのを見ると、わたしは何かほのぼのとした気持ちになるのだ。わたしも、そろそろ嫁をもらい、子どもでも持ちたいなあと」

「はいはい。見ましょう、見ましょう」

半刻（一時間）、座った。

だが、目当ての連れはいない。

「おせい。場所を変えよう。幼い子を遊ばせるとしたら、このあたりだと、どこへ行くかな。川かな？」

「川は駄目でしょう。危ないですよ」

「なるほど」

「そうですね、ここらあたりだと回向院《えこういん》のなかに、広場がありますよ。お相撲の小屋が立つところだけど、いまはお相撲やっていませんし」

「なるほど。そこへ行こう」

その回向院のなかに入ってすぐのことである。

「あれ？」

おせいが立ち止まった。

「どうした？」

「高瀬さまのお屋敷におられた山崎さまが」

「どこだ？」

宮尾は目を凝らした。それこそ、望んだことである。こんないい天気の日には、子煩悩の父親なら、子どもを外に連れ出して遊ばせるのではないか。いくら身を潜めていても、それくらいはするだろうという勘は、的中したらしい。

「ほら、あそこで、いま、子どもを高く抱き上げたお侍」

四十くらいの侍が、いかにも楽しそうにしていた。

「おせい。今日はもう終わりだ。これは礼だ」

懐の巾着《きんちゃく》から二分銀《にぶぎん》をつまみ出して、おせいの手に握らせた。

「礼なんか、要りません」

「取っておけ。それとな。そなた、もうちょっと歯を磨いたほうがいいぞ」

おそらくは怒り出したおせいに背を向け、宮尾は走り出した。

「ごめん」

「え？」

山崎三五郎は、走って来た宮尾を見て、咄嗟《とっさ》に子どもをかばうようにした。二歳くらいの男の子である。子どもはびっくりしたように目を丸くしている。

「大丈夫です。安心してください。わたしは、高瀬の仲間ではありません。逆なのです。いま、南町奉行の根岸肥前守の命で、高瀬家を内偵している者です」

宮尾は、ちらりと十手を見せた。

「町方が？」

「お目付の牧野不二さまもご存じです」

そこははっきりしないが、おそらく根岸がなんらかの相談はしているだろうと推測した。

「そうでしたか」

警戒心は解いたらしい。

「どうぞ、お子さんを遊ばせてください。わたしはその合間に話を伺います」

「そうですか」

山崎は、子どもが駆けまわるのを見守った。

「山崎さまは、須田金右衛門の葬儀に顔を出されましたな？」

「ええ」

「須田の死に不審なことがあったのでしょうか？」

「ありました」

「どんな？」

「あのとき、須田はわたしと待ち合わせをしておりました。ところが、あのようなことに」

「誰がやったか、心当たりは？」

「ございます」

「誰です？」

山崎は顔をそむけた。回向院の屋根のほうを見ている。そこでは鳩が飛び交っている。それから、ようやく、辛そうに、

「元あるじの高瀬進右衛門」

と、言った。敬称をつけないのは、理由があるのだろう。

「やはり」

「あのとき、すれ違ったのです。その形相《ぎょうそう》の凄《すさ》まじさに、わたしは咄嗟に身を隠しました。会っていたら、わたしも斬られていたかもしれません」

「高瀬はなにゆえに？」

「たぶん、須田は見たのだと思います。進右衛門が、妹のお滝さまを斬るところを。それをわたしに告げようとしていました」

「高瀬は、妹を成敗したとは言っている。だが、理由は、不貞を働いたからだと」

「不貞？　誰と不貞をするのです？」

「それは、高瀬の言です」

「そんなことはあり得ないでしょう」

山崎は苦笑して言った。

「女中たちも、そのようなことを言ってました」

「ええ。男と会う機会などありませんでしたし」

「高瀬はいまだに独り者ですね？　なぜでしょう？」

宮尾のこの問いは、何か核心のようなところを突いたらしい。山崎は一つ、大きく息をして、

「わたしの推測に過ぎないのですが、進右衛門さまは、おなごを怖がるようなところがありました」

「怖がる？」

宮尾はしかし、わからないでもない。女とは気軽に話している宮尾だが、じつはどこかに女を怖がる気持ちがあるような気がしている。

「じつは、お滝さまは、じつの妹ではなかったのです。義母のおたえさまは、途中から、お屋敷に入ったのですが、先代さまがお滝さまもわしの子だということで、いっしょに入れられたのです。なので、歳の離れた兄妹ということで育ったのです。だが、それは違っていました」

「高瀬は知らないのですか？」

「いや、知ってしまったようです」

「最近のことですか？」

「はい。それを知ったとき、情慾が目覚めたのかもしれません。あるいは、妹として見てきたお滝さまには、女の怖さを感じないですんだのかもしれません」

「まさか？」

宮尾は嫌な気持ちになった。

「わたしのいる部屋と、奥の間とは距離があります。それでも、お滝さまが泣いて助けを呼ぶ声は聞こえました。わたしには、どうすることもできませんでした」

「それで成敗を？」

「おそらくお滝さまは、そのことを拒否しつづけたのでしょう。それで、進右衛門はお滝さまを手にかけた。そのやりとりを、須田は見たか、聞いたのだと思います」

しばらく二人のあいだに沈黙が流れた。回向院の庭には、子どもたちの無邪気な声が満ちている。

「そうですか。それで、進右衛門は、お藤だけを残し、ほかの使用人を皆、馘にしたわけですね。お藤だけ残したのはなぜでしょう？」

「あれは、ちょうどあの前後、親の看病で実家にもどっていて、何も知らなかったのです」

「そうでしたか。山崎さまが屋敷を出るころ、何か変わったことはなかったですか？」

宮尾はさらに訊いた。

「ありました。不思議なのですが、それまで客などはほとんどいなかったのですが、二人ほど出入りするようになっていました」

「誰かわかりましたか?」

「一人は、お隣の三陸屋の若旦那でした」

「若旦那がなぜ?」

「じつは、三陸屋と高瀬家は浅からぬ縁がありまして」

「そうなのですか」

それは思いもよらなかった。

「安房《あわ》にある高瀬家の知行地《ちぎょうち》の海で獲れる海産物を、三陸屋に買い取ってもらったりしていたのです」

「なんと」

「ただ、あの若旦那が商いに関わるようになって、どうも不正のようなことが始まっていたような気がします」

「不正とは?」

「たとえば、安房の品を蝦夷《えぞ》地から来たものと詐称するとか」

「なるほど」

三陸屋のおすみという女中が、若旦那の扱う昆布の味が変わったと言っていたらしい。おすみはそれをおかよに話し、おかよから若旦那に伝わった。そのことが、おすみの死につながったのかもしれない。

「ほかに、もう一人の客が来ていました。それは、裏の常信寺の住職でした」

「常信寺とも何かつながりが？」

「お滝さまの葬儀はおこなわれませんでしたが、常信寺の住職が来て、経が読まれました。それに、高瀬家代々の墓は深川にあるのですが、お滝さまは常信寺に葬られました」

「常信寺とはなにか？」

「じつは、斬られて死んだ須田金右衛門は、常信寺の断食修行に参加することがあって、住職のことは尊敬していたのです」

「ということは、須田が見たことを雲快に相談したかもしれませんな」

「ええ」

「だが、それは筒抜けだったと」

「当然、須田は生かしておけなかったのでしょう」

どんどん疑問が氷解していく。

「じつは、山崎さまたちが屋敷を去ったあと……」

と、三陸屋の奇禍から、高瀬の言い種《ぐさ》までを語った。

「三陸屋のことは噂には聞いてました。だが、高瀬家までつながっていたとは……餓舎髑髏……滝夜叉姫……よくもまあ」

山崎は呆れたようにため息をついた。

「だが、お藤はその晩、光る化け物に襲われたと言ってましたぞ」

「あれは、なんでも化け物に見える女ですから。大方、金糸を縫い込んだ蒲団で突き飛ばされたくらいでしょう。そういえば、わたしが去るころ、奥とわたしたちがいるあたりのあいだに、蒲団が高く積まれていました。あれは、何か向こうの音を遮断させようとしていたのかもしれませんな」

「ははあ」

すでに、屋敷が滅茶苦茶になる準備を始めていたのではないか。

山崎の話を早く根岸に伝えたい。

礼もそこそこに、宮尾は南町奉行所に急いだ。


宮尾が奉行所に飛び込むと、根岸は土久呂凶四郎と椀田豪蔵と三人で、話し合いをしているところだった。

「御前。いろいろわかりました」

宮尾は、山崎から聞いた話を語った。

それらの一つ一つに、凶四郎と椀田も大きくうなずいた。

「うむ。じつは、土久呂と椀田のほうでも調べが進んでいてな、そこへいまのそなたの話で、いろんな話がほぼ完璧につながった」

と、根岸が言った。

「三すくみですか」

凶四郎が言った。

「そんなようなものだな」

「なるほどな」

「ただ、お奉行」

と、椀田が言った。

「なんだ？」

「決め手がありませんね。有無を言わせぬ証拠が欲しくありませんか？」

「そうだな。あの屋敷にもう一度入れたら、見つかるかもしれぬがな。まだ、屋敷の修理は済んでおらぬよな？」

「まだのようですが、新しく中間を入れましたので、そろそろ着手するかもしれませんが、ただ、あの屋敷には誰も入れておりません」

宮尾が言った。

「そうか。では、奥の手を使うか」

根岸は楽しそうに笑った。

十

翌日——。

根岸は、築地にある松平定信の別荘を訪ねた。八丁堀の白河藩邸ではなく、このところはこちらに滞在していることは、当人からも聞いていた。

もはや、この人物を頼るしかない。

手土産は、最近書き上げた『耳袋』の新巻にした。定信も愛読者の一人である。

「なんだ、根岸。どうかしたか？」

定信は骨董磨きにいそしんでいた。

「先日は、面白い悪戯を見せていただきまして、そのお礼に伺いました」

「悪戯？　なんの話だ？」

小さな壺のなかを透かすように見ながら言った。

「お忘れですか。評定所ですよ」

「あ……」

子どもが叱られたような顔になった。

「屏風を倒して、裏から蝶々を飛ばせたではないですか」

定信はしばし声を失ったが、

「根岸。なぜ、わかった？」

と、声を低めて訊いた。

「御前がいらしてたのはわかってました。それで、あの裏は御前の控えの間に使われることが多いことも。蝶野が亡くなったことや、一揆がおさまったのもご存じだったから、ああいう悪戯を思いついたのだと推察いたしました。屏風などは、裏から細い棒でちょっと突けば倒れますからな」

「蝶々は？　蝶々はわしの命令など聞かぬぞ」

定信はふてたように言った。

「大方、裏に蜜でもつけておいたのでしょう。あの日は、庭に蝶々が何匹も飛んでましたから」

定信は苦笑し、

「まったく、そなたにかかっては、楽しい悪戯もできぬな」

「申し訳ありません」

「ないしょだぞ。わしがそんなことをしたと知られると、いろいろよくないからな」

定信の言い分に根岸は微笑み、

「ないしょですか。それでは一つだけ、御前にお願いがございます」

「なんだ？」


高瀬進右衛門の屋敷を、いきなり松平定信が訪れた。むろん、根岸も椀田、宮尾とともに定信のお供をしている。

引き連れてきた定信のほうの家来六、七人が、たちまち竹矢来などを剝ぎ取るようにして門を激しく叩くと、なかから中間が飛び出して来た。

「な、なにごと」

「松平定信だ。白河の楽翁《らくおう》が来たと、あるじに伝えよ。その前に、わしは入るぞ」

奥へとすっ飛んで行く中間のあとを追うように、定信たちはなかへ入った。

廊下をずんずん突き進む。

向こうから、あるじの高瀬進右衛門が飛んで来た。

「中間は伝えたか。松平定信だ」

定信が大きな声で名乗った。

「なんと」

高瀬は慌てて這いつくばった。

「餓舎髑髏が暴れたという現場を見物させてもらうぞ。なんとも面白いことが起きたものよのう」

高瀬も拒否のしようがない。定信が相手では、ご三卿を持ち出すのもはばかられる。

根岸もいっしょに奥へ進んだ。

奥の間はまだ、あのときのままだった。ただ、雨漏りを防ぐため、穴の開いた屋根には、茣蓙《ござ》や筵が掛かっていて、ほの暗かった。

「あれは、取り除きましょう」

根岸が進言し、椀田たちに竹の棒を使って、茣蓙や筵を外させた。空からの光が奥の間一帯に溢《あふ》れた。

部屋は、餓舎髑髏の出現を彷彿《ほうふつ》とさせる凄まじい乱雑ぶりである。

「なるほど。ここに餓舎髑髏が出現したというのか」

「は」

高瀬だけでなく、その後ろには中間も固まったように俯いて控えている。お藤もやって来て、隅のほうで畏《かしこ》まった。

「滝夜叉姫までもな」

定信は感心したように見て回る。

「……」

　高瀬は無言である。

「どうだ、根岸？」

　根岸は、奥の、荒れた部屋の天井あたりをじいっと眺めていたが、

「御前。あの餓舎髑髏が暴れたというこちらの部屋は、何も手を入れられないようにしてもらいたいのですが」

　と、言った。

「高瀬。そういたせよ」

「ははっ」

「それで、高瀬どのには明日、評定所のほうに参っていただきましょう」

「うむ。高瀬、そういたせ」

「……」

　定信には逆らえない。

「それと、そこの中間ですが」

　と、根岸はさらに言った。

「ははっ」

　中間は顔を伏せた。

「そのように這いつくばらなくてよい。顔を上げよ」

「は」

少しだけ顔を上げた。

「明日は、そなたも評定所にいっしょに参るのだぞ。よいな」

「わかりました」

中間は再び這いつくばった。

「御前、わたしのほうはこれでいいです」

根岸は定信に言った。

「わかったのか？」

根岸は大きくうなずいて言った。

「はい。すべては評定所のほうで明らかにいたします」

終章　餓舎髑髏の正体

翌日——。

旗本の高瀬進右衛門と、中間の清助《せいすけ》、そして常信寺の住職である雲快の三人は、朝早くから道三河岸《どうさんがし》前《まえ》にある幕府の評定所に呼び出された。雲快は、予告もなく、いきなり、なかば無理やり、評定所の役人に連行されるというかたちになった。

三人は、評定所内の、五十畳ほどの広間の下座に座らされた。座布団はない。あいだは二間（約三・六メートル）ほど空けさせられ、私語は厳禁とされた。

「何が始まるのか？」

と、高瀬が訊いても、

「お黙りなさい」

の一言しか返って来ない。

おそらくは取り調べのようなことがおこなわれるのだろうとは、高瀬も雲快も想像はついたが、それはいっこうに始まらない。

ただ、この向こうの部屋では、大勢が慌ただしく動いている気配はある。何人もの人間が、迎えられ、案内されて来ているらしい。

三人はじりじりしてきた。

腹も減ってきたが、飯はもちろん、茶の一杯も出してもらえない。

高瀬は、

「一橋《ひとつばし》さまと連絡を取りたい」

と、言い、雲快のほうは、

「大坂の本寺に文を書くので、道具をお貸しいただこう」

と、言った。

だが、どちらの言にも返答はもらえない。

ようやく、評定所の面々が、ぞろぞろ大広間に入って来たのは、正午から一刻(二時間)近く経ってからだった。総勢二十名ほどである。

右のいちばん奥に座った武士が、三人を見て、

「皆さま、お忙しいことと存じますので、手っ取り早く進めましょう。わしは、南町奉行の根岸肥前守。この尋問は、おもにわしがさせていただく」

根岸は三人を見て言った。

するといと雲快が、

「なにが南町奉行ですかい。わたしは寺の人間。町方ごときにあれこれ指図される覚えはない」

と、根岸に歯向かうように言った。

「黙れ、糞坊主！」

と、叱声《しっせい》が飛んだ。根岸の向かい側にいる武士である。

「え？」

「わしは、寺社奉行の脇坂淡路守だ」

「じ、寺社奉行……」

雲快は、やはり寺社奉行である水野忠成を見たが、水野はあらぬほうを向いて、こちらは見向きもしない。

「わしが根岸どのに頼んだのだ。そして、わしは今朝ほど、そなたが寺を出てから、寺内の探索をおこなった。わし自らな。すると、そなたの部屋の引き出しから、面白いものをいろいろと見つけたぞ」

「なんということを……」

「まずは、小判だ。九百両あった。三陸屋の金庫から二千七百両が消えたというから、三人で分ければ九百両だ。少し血がついていたのは、凶行を終えてから、山分けしたからではないのか。まあ、残りはお目付衆と根岸どのが見つけてくれるだろう。つづいて、これだ」

　脇坂は、真っ赤な紙の袋と小さな壺を前に置いて、

「これは何だ？」

「ああ、薬でございましょう」

と、雲快は言った。

「ほざくな。薬なら、そなたが飲め。これは夾竹桃の枝と、それを煎じて煮詰めたものだ。これを、これまでいったい何人に飲ませた？　二十人ではきくまい。つい最近は、わしの配下の梶山文吾にもな」

「梶山さまは、餓舎髑髏に食われたようですが」

「ほざくのもいい加減にしろ。きさまが毒を飲ませ、きさまが手伝ってもらいながら、腹に穴を開けたのだ」

「何を証拠に？」

「そなた。世のなかを舐めるなよ。ちゃんと見ていた者がいるぞ」

　脇坂は、横の廊下のほうに向かってうなずいた。

　すると、愛らしい小坊主が現われた。

「誰かわかるか？」

「さて……」

雲快は首をかしげた。

「わからぬのか。教念《きようねん》と申す、そなたの寺の小坊主だぞ。ろくに経も読まず、金儲けばかりに邁進《まいしん》するから、自分の寺の小坊主もわからなくなるのだ。なあ、教念。そなた、何を見た？」

「雲快さまは、あのお侍に、お茶を持って行けとおっしゃいました。そして、そのお茶に、壺に入っていた液を垂らすところを見ました」

教念は、はきはきした口調で答えた。

「この壺だな？」

「はい。それからしばらくして、雲快さまが、袋に入れた重そうな大工道具みたいなものを持って、餓舎のほうに行くところも」

教念がそこまで言うと、

「おい、小坊主。そなた、とんでもないバチが当たるぞ。そなたの家族は、餓舎髑髏に皆殺しにされるぞ」

と、雲快は脅しつけた。

「あっはっは」

笑ったのは根岸である。

「教念。安心せよ。餓舎髑髏など、おらぬ。しかも、そやつは、坊主ではない。でたらめ坊主。正体は、商人上がりの盗人だ」

根岸がそう言うと、教念は、やっぱりという顔でうなずいた。

「次にそれを証明する。そなたをよく知っている者を呼んでいるのだ。〈播州屋《ばんしゅうや》〉さん」

根岸が声をかけると、歳のころは六十前後のいかにも大店のあるじといった男が姿を見せた。

「ここに来てもらったのは、新川《しんかわ》にある酒問屋播州屋のあるじだ。仕事で、しばしば大坂にも行っている。どうじゃ、播州屋さん。あの坊主に見覚えがあるかい？」

「ございますとも」

播州屋はすぐにうなずいた。

「誰だい？」

「大坂の船場に、〈江戸屋〉という廻船問屋がありまして、そこの陰のあるじの矢《や》左衛門《ざえもん》さんかと」

「陰のあるじ？　江戸屋矢左衛門はどういう人物なんだい？」

「はい。矢左衛門さんは表向きの商いではなく、裏の商いを仕切っておりまして、その中身は、抜け荷、阿片、海賊まがいの強盗など、なんでもござれ。しかも、寺の内密の御用を引き受け、ときには自らも僧侶姿となって、寺に入るという人物です。だが、この数年は大坂の町奉行所に追われ、身を隠したと言われておりました。なかなか表には出ないお人ですが、わたしは一度、海上で襲われ、あやうく助かったので、あのお顔は決して忘れることはできません」

「わかった。ご苦労さまでしたな」

根岸が頭を下げると、播州屋はいなくなった。

「これで雲快の正体はおわかりでしょう。こやつ、口のうまさに乗じて、江戸の常信寺に入り込むと、でたらめの説教や修行で信者を増やし、寄進を集めておった。そのやり口を見破り、文句を言う者が出てくると、断食修行にかこつけて、なんのいわれもない者までいっしょに毒殺し、疫病のせいなどとほざいた。ところが、これも怪しいと睨んだ者が、薬屋の水戸屋と三陸屋に数人ずついた。それが、餓舎髑髏出現の、一つの伏線」

根岸はそこで、言葉を区切った。

「つづいて三陸屋ですが、ここに養子として入った清蔵という女ぐせの悪い若旦那は、あるじからこづかいをもらえないことから、陰の商売を始めた。その一つが、安房の海産物を蝦夷のものと偽って卸すこと。だが、これは知行地が安房にある隣の高瀬進右衛門に見破られた。また、三陸屋の手代や女中のなかにも、若旦那を怪しむ者が出ており、しかも、その者たちは、常信寺の断食で死んでしまった。これもまた、餓舎髑髏出現の一つの伏線になった」

根岸がそこまで言うと、脇坂淡路守が、まるで打ち合わせを済ましていたかのように、

「だが、清蔵は、餓舎髑髏に食われて死んだとされていますな」

と、大きな声で言った。

「いいえ、死んではおりません」

「ほう」

「そこの中間。よく、顔を見せるがいい」

根岸は、下座に控えた中間を指差した。

「何をおっしゃっているのか」

中間は俯いて、顔を上げようとしない。

根岸が廊下のほうにうなずくと、宮尾玄四郎がサッと近寄って、すばやく中間を押さえつけ、まずは頭に手をかけて、髷と髪を引っ張った。それはぽろりと外れた。特徴的だったもじゃもじゃのもみあげもいっしょに取れ、下の坊主頭が露わになった。それとともに、どういう加減か、つり上がって鋭かったまなざしが、いかにもやさしげな目元に変わった。

「口もな」

と、根岸は言った。

「はい」

宮尾は、中間の口をこじ開け、なかから木製の入れ歯のようなものを取り出した。

すると、中間の、ふくらんでいた頰が、そぎ落とされたようになだらかになった。

「おかよ。この顔をよく見よ」

根岸はまたも、廊下のほうに呼びかけた。

入って来たのは、三陸屋の生き残った娘のおかよだった。

「あ」

おかよは目を瞠った。

「どうした？」

「そこにいるのは、清蔵さん」

「そうじゃ。死んだはずの清蔵は、こうやって生きていたわけさ」

「ほんとに生きてたの？　魂じゃなくて？」

おかよは腰を抜かした。

これには、評定所の面々のあいだに、しばらくざわつきが走った。

「そして、いよいよ、旗本の高瀬進右衛門。餓舎髑髏と戦い、逃走させたなどという嘘八百。ことの起こりは、妹のお滝が、じつは血の通わぬ間柄だったと、残された義母の日誌で知ったことだった。もともと女に対して恐怖心を持つような男が、妹と思っていた娘が違ったとわかると、恐怖心のない欲望のはけ口に見えてしまった。かくして、お滝を凌辱《りょうじょく》。だが、その経過は家来の須田金右衛門に見られ、須田は断食修行の師匠である雲快に話してしまった。かくして、雲快はお滝の遺体の始末まで手伝うことになった。もっとも、雲快は、高瀬にその挙動を怪しまれていた。なぜなら、高瀬家の二階の部屋から、常信寺の雲快の部屋がよく見えていたからである。高瀬は、始終、常信寺を盗み見て、そこでおこなわれた悪事の一部を垣間見た。これも伏線となった」

高瀬は根岸の言葉に青ざめ、こぶしをぶるぶる震わせている。

「これが三すくみのようになったのです。たまさか隣り合わせた三人の悪党たちが、互いの悪事を摑み、それで脅し合うよりは、助け合うほうが得だと思い、ついに稀《き》代《たい》の化け物〈餓舎髑髏〉を登場させるに至ったのです。おそらく清蔵が手引きして、大坂から来た悪党三人に押し込みをやらせたのでしょう。ふつうは、それくらいでやめるが、清蔵は自分が死んだことにしたいわ、雲快と高瀬は前にやった殺しをごまかしたいわで、あのようにおぞましい大殺戮までしでかしてしまった。人の身体をバラバラにして、顔までわからなくなるほど切り刻む。そんなことをやれるのは魑魅魍魎しかいない。魑魅魍魎のしわざとすれば、いちばん都合よく悪事をごまかせますからな」

　根岸がそこまで言うと、

「あっはっは」

　と、笑い声が起き、

「いったいそんなに都合よく、三すくみを見破って、互いに協力し合おうなんて相談がまとまるものですかね」

　雲快がへらへらした調子で言った。

「まとまるさ。たとえば、清蔵が氷室の抜け道を通って、裏の墓場に出て来たところを、雲快に見られたとするぞ。そこで言い争いが始まれば、お前のところの悪事は知っているぞという話になる。すると、その言い争いに高瀬も加わる。悪党同士というのは、不思議とつながるのさ。何か、悪党にしかわからぬ臭いを嗅ぎつけるんだろうな。三陸屋の蔵には数千両。それぞれの邪魔者が増えつつある。まとめて殺し、清蔵は死んだことにしてしまいたい。餓舎髑髏がどれほど都合がいいか」

　根岸がそう言うと、

「いやあ。恐れ入りました。これまでの話ですっかり納得いたしました。餓舎髑髏はそういうものだったのですか。いや、一度は信じてしまったわたしなど、恥ずかしい限りです」

目付の牧野不二が、肩をすくめて言った。

ほかの列席者も同様に、前の結論を悔やむようにうなずき合った。

ところが、

「違う、違う。いまの話は、すべて根岸のつくった嘘八百だ。餓舎髑髏はいる。わしは現にあの化け物と戦ったのだ！」

と、高瀬が喚《わめ》いた。すると、若旦那の清蔵までが、

「そうだ、あたしも餓舎髑髏は見ました。食い殺したんです。人間をばりばりと。あたしは幸い蔵に鍵をかけて、餓舎髑髏を閉じ込めてから、氷室の抜け穴を通って逃げることができましたが、この目でちゃんと見たんですよ」

と、叫んだ。さらには、常信寺の雲快までも、

「わしも見た。あの晩、餓舎髑髏が高瀬の屋敷の屋根を突き破り、天空へと逃げて行ったのだ。あやつは、常信寺で起きた疫病にも、寺社方の武士の死にも、すべてからんでいたのだ。餓舎髑髏はいる。こうして、嘘だらけの裁きをおこなう者に、必ずや襲いかかるであろう！」

と、ほざいた。

「あっはっは。この期《ご》に及んでまだ、そのような与太話《よたばなし》をするのか。あれが餓舎髑髏のしわざだったら、大笑いだぞ」

根岸は笑いながら言った。

「いないという証拠はあるのか？」

高瀬が根岸を睨んだ。

「あのな。あれが餓舎髑髏とやらのしわざだったら、天井は下から突き破ったとして、その上の屋根板や梁だが、あれはのこぎりで切ったのか？　跡がついていたぞ。それは松平定信公もご覧になった。え？　餓舎髑髏は、夜中に屋根に上がって、ぎしぎしとのこぎりで木を切るのかい？」

根岸がそう言うと、

「あっはっは。それは面白い」

「餓舎髑髏がのこぎりを使うところは見たかったたな」

「間抜けな化け物だ」

と、評定所の面々から笑いが溢れた。

これは間違いなく決定的な証拠と言えた。

もはや、三人からは何の声もない。

根岸はいつの間にか、左腕をまくり上げていた。

そこには、赤鬼の彫物が見えている。若いときの粋《いき》がりだと、つねづねできるだけ隠してきたのだが、いまはそれを忘れていた。

しかも、言葉遣いさえ、かつての伝法だったころのような、いや、いまも胸のうちを流れる熱い血のほとばしりのようになっていた。

根岸は、ここが評定所であることも忘れ、大声でこう言い放ったのであった。

「よくもまあ、てめえらの薄汚え欲望をごまかすために、餓舎髑髏などという新たな化け物をでっちあげたものよ。おい、よく聞け。餓舎髑髏とは、なんのこたあねえ、てめえらのことだ。てめえらこそ、でたらめの化け物なんだよ！」

後日談。

三人はまもなく処刑され、遺骸は火葬で処理されて、三人まとめて一つの骨壺に納められた。この骨壺を振ると、がしゃがしゃと、通常のものよりやけに甲高い音を立てたため、不思議がられた。そこで、南町奉行根岸肥前守は、この骨壺に、〈餓舎髑髏〉と銘を記したのだった。

この骨壺は、現在、本所回向院の江戸時代の共同墓地のなかで眠っているという。

この小説は当文庫のための書き下ろしです。

編集協力・メディアプレス
DTP制作・メディアタブレット

本書の無断複写は著作権法上での例外を除き禁じられています。
また、私的使用以外のいかなる電子的複製行為も一切認められておりません。

文春文庫

耳袋《みみぶくろ》秘《ひ》帖《ちょう》　南町《みなみまち》奉行《ぶぎょう》と餓舎髑髏《がしゃどくろ》

定価はカバーに表示してあります

2022年6月10日　第1刷

著　者　風野真知雄《かぜのまちお》

発行者　花田朋子

発行所　株式会社 文藝春秋

東京都千代田区紀尾井町 3-23　〒102-8008
TEL 03・3265・1211㈹
文藝春秋ホームページ　http://www.bunshun.co.jp

落丁、乱丁本は、お手数ですが小社製作部宛お送り下さい。送料小社負担でお取替致します。

印刷製本・凸版印刷

Printed in Japan
ISBN978-4-16-791856-9

文春文庫　書きおろし歴史・時代小説

（　）内は解説者。品切の節はご容赦下さい。

風野真知雄
耳袋秘帖
眠れない凶四郎（一）

妻が池の端の出合い茶屋で何者かに惨殺された。その現場に立ち会って以来南町奉行所の同心、土久呂凶四郎は不眠症に。見かねた奉行の根岸は彼を夜専門の定町回りに任命。江戸の闇を探る！

か-46-38

風野真知雄
耳袋秘帖
眠れない凶四郎（二）

妻を殺された土久呂凶四郎は、不眠症に悩まされながらも夜専門の同心として夜な夜な町を巡回する。静かな夜の江戸に蠢く怪しいものたち。奉行の根岸とともに事件を解決していく。

か-46-39

風野真知雄
耳袋秘帖
眠れない凶四郎（三）

妻・阿久里を殺害されたまま、いまだ手がかりすら摑めない凶四郎。不眠症もいまだ回復せず、今宵もまた、夜の江戸に巡回に出て妻殺害の真相に迫る！　犯人は果たして……。

か-46-40

風野真知雄
耳袋秘帖
眠れない凶四郎（四）

妻殺害の難事件はほろ苦い結末ながらなんとか解決した。が、名奉行根岸の温情により、不眠症がいまだ治らない凶四郎は江戸の闇を今夜も巡る。今度の江戸に巣食う魔物は一体何か？

か-46-41

千野隆司
出世商人《しゅっせあきんど》（一）

急逝した父が遺したのは、借財まみれの小さな艾屋《もぐさや》だった。跡を継ぎ、再建を志した文吉だったが、そこには商人としての大きな壁が待ち受けていた!?　書き下ろし新シリーズ第一弾。

ち-10-1

千野隆司
出世商人（二）

借財を遺し急逝した父の店を守る為、新薬の販売に奔走する文吉。しかし、その薬の効能の良さを知る商売敵から、悪辣な妨害が……。文吉は立派な商人になれるのか。シリーズ第二弾。

ち-10-2

鳥羽　亮
八丁堀「鬼彦組」激闘篇
狼虎の剣

立て続けに発生する、左腕を斬り落とし止めを刺す残虐な辻斬り事件。江戸の町は恐怖に染まった。事態を重く見た奉行所は「鬼彦組」に探索を命じる。賊どもの狙いは何か！

と-26-12

鳥羽　亮
暗闘七人
八丁堀「鬼彦組」激闘篇

廻船問屋・松田屋はある藩の交易を一手に引き受けていたが、不審な金の動きに気づいた若旦那が調べ始めた矢先に殺されたという。鬼彦組が動き始める。

と-26-13

鳥羽　亮
蟷螂《かまきり》の男
八丁堀「鬼彦組」激闘篇

ある夜、得体のしれない賊に襲われ殺された材木問屋の主人の遺体に残された傷跡は、鬼彦組の面々が未だ経験したことのない形状だった。かつてない難敵が北町奉行所に襲いかかる！

と-26-14

鳥羽　亮
奇怪な賊
八丁堀「鬼彦組」激闘篇

大店に賊が押し入り番頭が殺され、大金が盗まれた。中からは厳重に戸締りされていて、完全密室状態だった。そしてまた別の店が――一体どうやって忍び込んだのか！　奴らは何者か？

と-26-15

鳥羽　亮
福を呼ぶ賊
八丁堀「鬼彦組」激闘篇

福猫小僧なる独り働きの盗人が、大店に忍び込み、挨拶代わりに招き猫の絵を置いていくという事件が立て続けに起きた。被害にあった店は以前より商売繁盛となるというのだが……。

と-26-16

鳥羽　亮
強奪
八丁堀「鬼彦組」激闘篇

日本橋の薬種問屋に盗賊が入った。被害はおよそ千二百両ほど。ところが翌朝その盗賊たちが遺体で発見された。一体何が起きたのか？　仲間割れか？　鬼彦組に探索の命が下った。

と-26-17

鳥羽　亮
餓狼剣
八丁堀「鬼彦組」激闘篇

またしても、大店に凶賊が押し入り、番頭を無残にも斬り殺して大金を奪い去った。斬り口から判断するにかなり腕の立つ剣術家のようだ……。奉行より探索を命じられた鬼彦組は……。

と-26-18

鳥羽　亮
斬鬼たち
八丁堀「鬼彦組」激闘篇

日本橋川の際で大店の主たちが無残にも斬り殺された。手口からみると、やったのはかなり腕のたつ武士のようだ。半年前の事件に似ていたと睨んだ鬼彦組は前の事件を調べ直し始めた。

と-26-19

文春文庫　書きおろし歴史・時代小説

（　）内は解説者。品切の節はご容赦下さい。

藤井邦夫
恋女房
新・秋山久蔵御用控（一）
〝剃刀〟の異名を持つ南町奉行所吟味方与力・秋山久蔵が帰ってきた！　嫡男・大助が成長し、新たな手下も加わってスケールアップした、人気シリーズの第二幕が堂々スタート！
ふ-30-36

藤井邦夫
騙《かた》り屋《や》
新・秋山久蔵御用控（二）
可愛がっている孫に泣きつかれた呉服屋の隠居が金を用立ててやると、実はそれは騙りだった。どうやら年寄り相手に騙りを働く一味がいるらしい。久蔵たちは悪党どもを追い詰める！
ふ-30-37

藤井邦夫
裏切り
新・秋山久蔵御用控（三）
大工と夫婦約束をしていた仲居が己の痕跡を何も残さず姿を消した。太市は大工とともに女の行方を追い見つけたかに思えたが、彼女は見向きもしない。久蔵はある可能性に気づく。
ふ-30-38

藤井邦夫
返討ち
新・秋山久蔵御用控（四）
武家の妻女ふうの女が、名前も家もわからない状態で寺に保護されたが、すぐに姿を消した。女は記憶がない〝ふり〟をしているのではないか――。女の正体、そして目的は何なのか？
ふ-30-39

藤井邦夫
新参者
新・秋山久蔵御用控（五）
旗本を訪ねた帰りに柳河藩士が斬殺された。物盗りの仕業ではなく辻斬りか遺恨と思われた。だが藩では事件を闇に葬ろうとしている。はたして下手人は誰か、そして柳河藩の思惑は？
ふ-30-40

藤井邦夫
忍び恋
新・秋山久蔵御用控（六）
四年前に起きた賭場荒しの件で、江戸から逃げた主犯の浪人がどうやら戻ってきたらしい。しかも、浪人を追う男の影もちらついて……。久蔵の正義が運命を変える？　シリーズ第6弾。
ふ-30-41

藤井邦夫
小糠雨
新・秋山久蔵御用控（七）
町医者と医生の二人が斬殺された。南町奉行所吟味方与力の秋山久蔵は早速、手下に探索を命じるが、事件は久蔵のある過去の出来事と繋がっていて――。大好評シリーズ第7弾。
ふ-30-42

文春文庫　書きおろし歴史・時代小説

（　）内は解説者。品切の節はご容赦下さい。

藤井邦夫
偽久蔵
新・秋山久蔵御用控（八）
南町奉行所吟味方与力の秋山久蔵の名を騙り、谷中の賭場で貸元から始末金を奪った男が現れた。男は次々と悪事を働き始めるが……。偽者の目的とその正体とは？　シリーズ第8弾。
ふ-30-43

藤原緋沙子
紅染の雨
切り絵図屋清七
武家を離れ、町人として生きる決意をした清七。与一郎や小平次らと切り絵図制作を始めるが、紀の字屋を託してくれた藤兵衛からおゆりの行動を探るよう頼まれて……新シリーズ第二弾。
ふ-31-2

藤原緋沙子
飛び梅
切り絵図屋清七
父が何者かに襲われ、勘定所に関わる大きな不正に気づく清七。武家に戻り、実家を守るべきなのか。切り絵図屋も軌道に乗ったばかりだが――。シリーズ第三弾。
ふ-31-3

藤原緋沙子
栗めし
切り絵図屋清七
二つの殺しの背後に浮上したある同心の名から、勘定奉行の関わる大きな陰謀が見えてきた――大切な人を守るべく、清七と切り絵図屋の仲間が立ち上がる！　人気シリーズ第四弾。
ふ-31-4

藤原緋沙子
雪晴れ
切り絵図屋清七
勘定奉行の不正を探るため旅に出ていた父が、消息を絶った。父の無事を確かめられるのは自分しかいない――清七は切り絵図屋を仲間に託し、急遽江戸を発つ。怒濤の展開の第五弾。
ふ-31-5

藤原緋沙子
冬の虹
切り絵図屋清七
繁盛する紀の字屋を恨む同業者の近江屋が、悪徳商売で店の乗っ取りをはかっているという噂がたつ。一方仲間が身に覚えのない罪で捕まり――。大人気書下ろしシリーズ、最終巻。
ふ-31-6

文春文庫　最新刊

狂う潮 新・酔いどれ小籐次（二十三）　佐伯泰英
小籐次親子は参勤交代に同道。瀬戸内を渡る船で事件が

美しき愚かものたちのタブロー　原田マハ
「日本に美術館を創る」。〝松方コレクション〟誕生秘話！

偽りの捜査線 警察小説アンソロジー　誉田哲也 大門剛明 堂場瞬一 鳴神響一 長岡弘樹 沢村鐵 今野敏
刑事、公安、警察犬――人気作家による警察小説最前線

耳袋秘帖 **南町奉行と餓舎髑髏**　風野真知雄
海産物問屋で大量殺人が発生。現場の壁には血文字が…

仕立屋お竜　岡本さとる
腕の良い仕立屋には、裏の顔が…痛快時代小説の誕生！

武士の流儀（七）　稲葉稔
清兵衛は賭場で借金を作ったという町人家族と出会い…

飛雲のごとく　あさのあつこ
元服した林弥は当主に。江戸からはあの男が帰ってきて

将軍の子　佐藤巖太郎
稀代の名君となった保科正之。その数奇な運命を描く

震雷の人　千葉ともこ
唐代、言葉の力を信じて戦った兄妹。松本清張賞受賞作

紀勢本線殺人事件〈新装版〉十津川警部クラシックス　西村京太郎
21歳、イニシアルY・HのOLばかりがなぜ狙われる？

あれは閃光、ぼくらの心中　竹宮ゆゆこ
ピアノ一筋15歳の嶋が家出。25歳ホストの弥勒と出会う

拾われた男　松尾諭
航空券を拾ったら芸能事務所に拾われた。自伝風エッセイ

風の行方 上下　佐藤愛子
64歳の妻の意識改革を機に、大庭家に風が吹きわたり…

パンチパーマの猫〈新装版〉　群ようこ
日常で出会った変な人、妙な癖。爆笑必至の諺エッセイ

読書の森で寝転んで　葉室麟
作家・葉室麟を作った本、人との出会いを綴るエッセイ

文学者と哲学者と聖者 吉満義彦コレクション〈学芸ライブラリー〉　若松英輔編
日本最初期のカトリック哲学者の論考・随筆・詩を精選